JN228031
勇者伝説の裏側で
俺は英雄伝説を
作ります
~王道殺しの英雄譚~
Ayasuke Nakanomura
ナカノムラアヤスケ
Illustration
をん

アイナ×謎の少女

「あと、最後に一つだけ……」

「お姉さん、
俺の初めての相手に
なってください！」
ユキナ
ただの村人

「……それは、
私を娼婦として
買いたいって事かしら?」
キュネイ
高級娼婦

「……今、なんて言いました？」
ミカゲ×獣人

勇者伝説の裏側で俺は英雄伝説を作ります
～王道殺しの英雄譚～

Ayasuke Nakanomura
ナカノムラアヤスケ
Illustration
をん

CONTENTS

1 魔王が復活するようですが

——どうやら、そろそろ魔王さんが復活するらしい。

そんな話を聞かされたのは、いつだっただろうか。多分まだ年齢が一桁の頃だったかな。

なんでも、魔王とやらは数百年に一度復活しては、世界に災厄を振りまく大悪党なんだそうだ。俺にとっては、丹精込めて育てた農作物を食い荒らす厄獣（モンスター）の方が、よっぽど大悪党に思える。

でもって、その魔王に対抗するために生まれるのが『勇者』という、神様に選ばれた代行者。弱きを助けて悪を挫く正義の体現者だとか。

とりあえず、勇者さんには悪戯ばかりする村長の馬鹿息子をどうにかしてほしい。我が家の壁に落書きしたのを発見したので、とりあえず裸に剥いた後に全身に落ちにくい塗料で落書きして、木の上から逆さに吊しておいたが。

まぁ、本音を言ってしまうと理解の埒外にあるお話だ。こんな片田舎に住まう俺にとって、世界の危機と言われてもいまいちピンとこない。それよりも、のんびり農作物を育てながら嫁さんもらってのんびりと暮らす方が大事だ。

と、そんなことを漠然と考えていたのだが。

「僕が——勇者ですって？」

「そうでございます。貴方こそが神に選ばれし者。我々が待ち望んだ人類の希望——勇者なのです」

——目の前で繰り広げられる光景には、さすがに唖然としていた。

「人類の希望……」

呆然として呟いているのは、レリクスという村の青年だ。歳の頃は俺と同世代で村一番のイケメンだ。しかも、ただのイケメンにあらず、頭も良ければ性格も良い。なんでこんな片田舎に生まれてきたんだこいつ、と疑問に思わずにはいられないほどのイケメン。

村の若い衆のリーダー的存在であり、次期村長の座も夢ではないとされている。この村の長は代々世襲制だが、村長の一人息子が馬鹿すぎるのとレリクスがイケメンで優秀すぎるので仕方がない。あんな人様に迷惑を掛けてばかりの阿呆が村長になったら、村が壊滅する。だったら、レリクスのような将来有望な若者に村を任せたほうがよっぽどいいだろう。

そんな次期村長候補であるレリクスは、村の中央部にある広場で、とある一団と対面している。

王都からやって来た『教会』の者たちだ。

教会というのは勇者を——正確には勇者を選定する立場にある『神様』を信仰する宗教団体らしい。らしいというのは、神様とかにはあんまり興味なく、教会の正式名称もまったく覚えていないからである。

この村にも教会はあるが、神父様はもう棺桶に膝裏近くまで埋めたような、よぼよぼの爺。一方で王都から来た教会の面々は、どれもが精悍(せいかん)な顔つきの若者ばかり。先頭に立ってレリクスと喋っているのは、集団の中で一番装飾が施された衣を纏(まと)う男。

自己紹介が遅れたが、俺はユキナ。おそらく肩書きを言葉にすれば『村人その一』といったところか。レリクスと教会の一団が対面している光景を、それを囲う野次馬の中から眺めている取り巻きの一人である。

教会の男がさらに続けた。

「貴方の右手には生まれながらにして痣(あざ)があるはずです」

男の言葉に、レリクスはハッとなって己の右手——その甲を見た。俺も以前に見たことがあったが、確かに痣があったな。

レリクスの甲を見て、男は笑みを浮かべながら言った。

「それこそが、神に選ばれし者に刻まれる聖痕(スティグマ)。貴方が紛れもなく勇者である証明です」

「僕が……神に選ばれし者」

あー、なんだかこれって歴史的瞬間に立ち会ってる？

……とりあえず、後でレリクスの奴にはサインもらっておこう。

しばらくしたら『勇者様直筆！　勇者として見定められた記念サイン！』といった謳い文句

で売り払うのもありだ。〝ぷれみあ〟が付けば良い値段で売れるかもしれない。

と、完全に他人事に思っていたのは、それから四日後までのお話であった。

その日も汗水垂らして農作業をしていたら、突然村長の家に呼び出された。

……まさか、あの悪戯小僧を裸で吊した件を咎められるのか？

もし咎められたら村長も裸に剥いて吊してやると心に決め、村長宅を訪れた。

「おじゃまっしまぁす」

「来たか、待っていたぞ」

扉を開けて最初に出迎えたのは村長。当初の予想に反し、怒っている様子はないんだが何やら深刻な表情を浮かべている。

中に促されて居間へ向かうと、見覚えのある男性。確か、四日前に、何かしらの用事で王都からこんな片田舎の辺鄙（へんぴ）な村に来た、教会の人だっけか。

「……え、どゆこと？」

状況が飲み込めずに思わず村長のほうを向くが、彼は黙って男の対面にある椅子を指さすだけだった。

訳も分からずにとりあえず教会の男の対面に座る。

教会の男が口を開いた。

「初めまして――とは言うが、私の顔は見覚えがあるだろう。改めて自己紹介だが、私はペイン。教会より司教の位を拝命している者だ」

司教がどれだけエラいか不明だが、とりあえず腰を低くして対応しておくのが吉だろう。

「えっと……俺はユキナです」

「知っているとも。今日君をここに呼び出したのは他ならぬ私であるからな」

「はぁ…………それで、教会の司教様が『村人その一』である俺に何のご用でしょうか。あいにくと、教会の人に説教されるようなことは身に覚えがないんですけど」

あ、村長の顔が引きつった。心の中では多分『うちの息子に大恥かかせておいて！』とか考えてんだろう。

あの一件に対して俺は後ろめたい気持ちは一切持っていない。現に、悪戯の被害に遭っていた村民からは賞賛されたからな。農作物を駄目にされて怒り心頭に来ていた人ばかりだったのだ。木に吊すだけで済んだと考えてほしいな。

馬鹿息子のお話は今度にしておくとして、今は司教様だ。

「私がここにいる時点で、これからする話にある程度の察しは付いているだろう」

「いえさっぱり。皆目見当も付きません」

間髪入れずに素直に答えると、司教様が固まった。だって、本当に思い至らないんだもん。仕方がない。

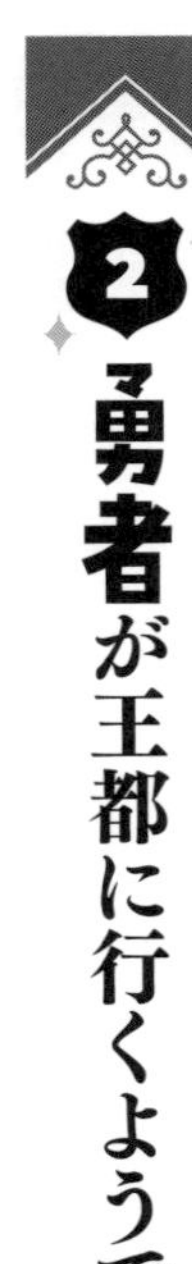

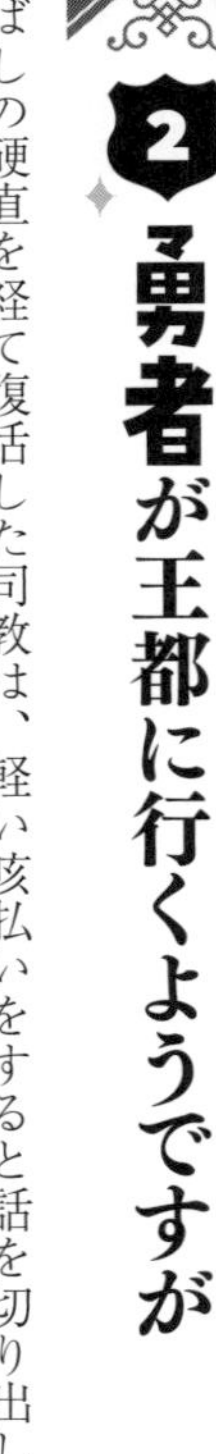

2 勇者が王都に行くようですが

しばしの硬直を経て復活した司教は、軽い咳払いをすると話を切り出した。

「――勇者のことだ」

ゆうしゃ？

…………。

…………。

「レリクスのことだ！」

俺が腕を組んで頭を捻っていると、大慌ての村長が俺の側に来て焦りを孕んだ声で囁いた。

俺はぽんっと手を叩いた。

「ああ、あいつ勇者になったんだっけ」

はっきり言って、まったく興味がなかったので、次の日の朝にはほとんど忘れかけていた。

更にその翌日、農場の付近に出没した厄獣（モンスター）の駆除が忙しくてその時点で完全に頭の中から抜け落ちていた。

そうか、確かこの人、レリクスが『えらばれしゆうしゃ』だから、それを確認するためにこの村に来たんだっけか。

その辺りのことをどうにか思い出して、俺は司教に聞いた。

「で、その『ゆうしゃさま』がどうしたって？」

「レリクス様がやがては魔王と戦う宿命にある以上、あの方は魔王に対抗する力を得るため修行の旅に出なければならない。だが、今のままではその力を手に入れる前に旅の半ばで力尽きてしまうのは目に見えている」

「まぁ、腕自慢つっても、この村限定ですからねぇ」

この村の男衆は——特に若い連中は、農作業の傍らで厄獣(モンスター)の駆除も担っている。俺とレリクスも当然その一人だ。

この近辺に出没する厄獣(モンスター)はさほど強くない。多少訓練した男なら一人でも問題なく討伐できる程度。むしろ、貴重な肉料理の材料となったりするので割とみんな積極的に狩りを行っていたりする。

レリクスは村の中では一番の腕利きだ。剣捌きはそこらの男など歯牙(しが)に掛けないほど。俺も腕試しとしてレリクスに挑んだことがあるが、てんで相手にならなかった。

ただ、結局はド田舎な村の中で完結している。村の腕自慢に留まっていては魔王討伐など到底無理な話だ。

「そこで、レリクス様には我々と共に王都へ赴いて貰う」

「またなんで？」

「王都には国が誇る屈強な騎士たちが、日々鍛錬を積み重ねている。彼らと共に鍛練を積めば、最低限の実力は得られるだろう」

王都か……ちょっとだけ憧れるな。何せ生まれも育ちもこんなド田舎の村なのだ。一応、この村に骨を埋める気はあったが、人生で一度くらいはこの国の中心部に行ってみたいものだ。もっとも、農作業があるので少なくともしばらくの間は無理だな。

煌びやかな都に思いを馳せている俺に、司教は続けた。

「だが、いくら勇者様とて、今までは何も知らぬただの村民として暮らしてきたのだ。王都に知り合いなどいるはずもない」

そりゃぁ、あいつも確か俺と同じでこの村からほとんど出たことないはずだからな。

「知り合いもなく王都へ赴くのは勇者様も心細かろう。そう考えて我々は勇者様に提案した」

――誰か、心許せる者を一人、連れて行ってはどうでしょうか、と。

「――つまりは子守（おもり）役か」

「……君は少々、言葉遣いがアレだな」

「性分なんで許してほしいっすね」

咎める口調の司教に対して、俺は悪びれもなく答えた。生まれてからこの方、ずっとこの性格と付き合ってきたのだ。今さら変えようがない。

それはともかくとして、話の前後と俺がここに呼び出された理由から察すれば、自ずと答えは出てくるわけで。

「あ、俺農作業の続きがあるのを思い出したんで帰りま――」

「勇者様の提案に対する我々の答えは君だった‼」

おおぅっ⁉　急いで帰ろうとした俺に、司教がそれ以上の早口で捲し立てて来やがった！

司教がめっちゃ俺を睨んでくる。あえて言葉で説明するなら「逃がさんぞワレェッ‼」といった感じだな。そのくらいに目力が凄かった。

仕方なしに、俺は椅子に座り直して司教に向き直った。俺が逃げ出さないのが分かってか、司教は表情が和らぐ。ただ、絶対に逃がさないという強い意志が、視線からひしひしと伝わってきた。

「狭い村ですし、レリクスも知らない仲じゃぁない。けど、友達って程親しいわけでもない。俺以上に仲の良い奴なんて他にもいると思いますがね」

「勇者様たっての願いだ。一緒に行くならばぜひ君に、との事だ」

ぜひってちょっと……レリクスさんや。

「……俺、農民なんですよ。食い扶持と納税のために汗水垂らして土弄りしなきゃならんのですよ、これが」

「我々教会が話を付ける。君の納税は免除されるように働きかけよう」

大した問題ではないとばかりに答える司教。

「……納税が免除されてもご飯とか」

「君が王都に滞在している期間の生活費は、すべてこちらが負担しよう」

「………ほら、人間ってご飯だけじゃなくて、それなりの息抜きとかないと精神的に参っちゃうし」

「勇者様のお世話係として、生活費の他に給与も支給しよう」

「…………えっと」

他に断り文句が思いつかない。

と、ここでふと気が付く。

今までの話を統合するとつまり。

「王都に行く間の費用も全部そちら持ち？」

「無論だとも。勇者様が王都から旅立つ際、希望するならこの村に帰るための手配もすべて教会(こちら)が請け負おう」

――よくよく考えると、これって実質的に無料(ただ)で王都に行けるってことではないか？

この村から王都までは馬車を利用しても二週間近くの距離があり、その間の旅費はかなり掛かってしまう。しかも道中で厄獣(モンスター)に襲われる危険性もある。

この村では基本的に生活は自給自足で、物のやり取りも金銭ではなく農作物等での物々交換。納税も同じく現物で納めている。現金を得る機会がほとんどないのだ。

たまに行商人がこの村に来て金銭のやり取りも行われるが、微々たる量だ。俺も多少の小遣い稼ぎ程度はしているが、王都へ行くまでの旅費で大半が消えてしまう。なけなしの金を握りしめていても、王都での生活費に消えて何もできないだろう。

——それが、貯蓄まるまる残して王都に行ける。しかもお小遣い付き。

断る理由がまるでない。むしろ率先して引き受けるべき案件だ。

細かいことを言えば断る理由は無きにしも非ずだが、この破格な雇用条件に比べれば些細な問題。無料ただで王都に行ける利点に比べれば無視できる程度のことだ。

何より、俺には王都に行ってやらなければならないことがある！　そう、いつか夢見たあの野望を叶えるのだ！

「分かりました。レリクスの子守役（おもり）、引き受けましょう‼」

席を立ち上がり、胸に手を当てて大きく宣言をした。

それを見た司教はポツリと。

「……引き受けてくれたのは嬉しい限りだが、君は少々勇者様への敬意の念が欠けているな」

「だって、四日前まではあいつも『村人その二』だったんでしょうよ。いきなり態度は変えられませんよ」

村人その二——と呼ぶには存在感（カリスマ）が溢れすぎているような気がしなくもないが、俺にとっては『知り合いA』であり、敬うにしても現時点で敬える要素がほとんどない。

――あ、今のあいつ『勇者』だっけ。

side braver 1

僕の名前はレリクス。

王都から遠く離れた田舎の村に住む、何の変哲もない若者だった——この村にフォニア教の一団が訪れるまでは。

彼らを率いてやって来たペインと名乗る司教から、僕は神によって選ばれた『勇者』なのだという。

フォニア教はこの国で最も多く信仰されている宗教。この小さな村にも支部があるほどに大きな組織で、その影響力は国政にまで関わるほどらしい。そして、彼らの信仰する神は、勇者を選定する存在でもあるのだ。

——この世界には数百年に一度、『魔王』と呼ばれる災いが現れる。

彼の者は平和な世に破壊と混沌を撒き散らし、世界は滅亡の危機に瀕する。

それに対抗できるのが『勇者』。

神に選ばれし希望の存在。

人々の希望と命運を背負い、魔王を打ち倒す英雄。

幼い頃から何度も聞かされているお伽噺(とぎばなし)。

今でも信じられない。僕がその神に選ばれし勇者だなんて。

けど、ペインさんは言っていた。

「貴方の右手には生まれながらにして痣があるはずです。それこそが、神に選ばれし者に刻まれる聖痕(スティグマ)。貴方が紛れもなく勇者である証明です」

彼の言う通り、僕の右手には痣がある。両親の話によると、僕を拾ったときにはすでにあったという。

そう、僕の今の両親は本当の親ではない。

僕は幼い頃、雨の日に村の入り口に捨てられていたらしい。身元が分かるような手掛かりはほとんどなく、唯一の手掛かりは幼い僕を包んでいた布が凄く上等なものであっただけだ。

捨て子だった僕を拾ってくれた両親は、僕に本当の息子のように接し、育ててくれた。村の人たちも本来なら余所者であるはずの僕に優しく接してくれた。感謝の念が尽きない。

いつか必ず、村のみんなに恩返しをしよう。ずっとそう思っていたのだけれど、自分が勇者であると知らされて、その気持ちが揺らいでしまった。

勇者である以上、僕は魔王と戦う運命にある。やがては魔王討伐の旅に出なければならないだろう。この村に留まり続けることはできない。

ペインさんからは、自分たちと共に王都に来てほしい、と言われた。勇者としての力を得るために必要なことなのだそうだ。

思い悩んだけれど、背中を押してくれたのは育ての両親だった。

「レリクス。お前を拾った時から、こんな日が来ると思っていたよ」

「父さん……」

「貴方はこんな小さな村で足踏みをしている暇なんてないのよ」

「母さん……」

父と母に後押しされた僕は、村を出ることを決意する。そのことを村の皆に伝えると、激励の言葉を多く掛けて貰えた。

まだ何一つ恩を返せていないのに、と漏らしたら村長が僕の肩を叩いた。

「馬鹿を言うな。お前ほど、この村で立派な若者はおらなんだ。胸を張れ、レリクス。お前はこの村の誇りだ」

村長の言葉に、話を聞いていた皆が一斉に頷いてくれた。僕は嬉しさのあまりに、その場で泣き出しそうになってしまったが、勇者としてこの村を旅立つのならかっこわるいところは見せられない。目に力を込めてぐっと我慢した。

ただ――その後に村長が続けた言葉が僕の頭にこびり付く。

「まったく……それに比べてユキナの奴は本当にまったく。集会にも顔を出さんで何をやっとるんだ」

ユキナ――村に住む僕と歳が近い青年。

特別に仲が良いわけではなかったけれども、僕にとっては単なる知り合いと断ずるには躊躇（ためら）われた。

あの人は他の村人と少し違う。僕にはそう思えて仕方がない。

特別に何かしらが秀でているわけでもないのに、どうしても彼の行動は僕の目に付く。今回も、村人のほとんどは僕の話を聞きにこの場に集まっているのに、彼だけがこの場にいない。

村のみんなは、僕が勇者に選ばれたことを『誇らしい』と言ってくれるのだが、ユキナだけは前と変わらずにただの知り合いのように接してくる。実際にただの知り合いなわけなのだけれど――。

ユキナにとって、僕は勇者であろうともただの知り合い。だけど、そう接してくる彼は僕にとって少しだけ特別な存在だった。

――僕はこれから王都に赴く。勇者として旅立つための力を蓄えるために。

そして、その際に村人から一人従者として連れて行ってはどうか。初めての王都で知り合いが一人もいなければ心細いであろうと。

だから、ペインさんにお願いした。

――ユキナを連れて行くことを。

3 王都に到着したようですが

名目としては勇者として神様に選ばれたレリクスの子守役として同行したわけなのだが、ぶっちゃけ野郎同士の二週間など語っても面白みに欠けるだろう。

世話係と言っても、衣食住の世話はほとんど教会の人間がやってくれたし、厄獣も途中で何度か出現したが、これも瞬く間に武装した教会の人間が殲滅。

俺にできることと言えば、レリクスと世間話をすることくらいだった。大して仲が良いわけでもないので、当たり障りのない話をする程度だ。

ただどうしてか、俺がつい最近に厄獣の駆除をしていたことについては強い興味を示していたな。

あの日、何やら村長が村人を集めて話があるとかぬかしていたが、それよりも農場の付近に出没した厄獣のほうが問題だ。あいつら、とにかく植物であれば何でも食べてしまうので、放置しているとせっかく育てた作物が壊滅してしまうのだ。しかも、他の農場にまで被害が及びそうだったので、一日中厄獣の駆除に奔走していた。

幸い、今回出没した厄獣の肉は食べられる類いだったので、それから数日間俺の食卓が豪華になったのが救いだ。

その後、レリクスと王都に行くことが決定したので、消費しきれなくなった肉はご近所さんに金銭と交換して貰った。王都に行くまでの食卓事情は教会が請け負ってくれるし、だったら王都で使えるお金に換えてしまったほうが良いと考えたからだ。

おかげで、俺の懐は結構暖かいわけであり、野望を叶えるには十分な金額が揃ったと思って良いだろう。

ついでに、王都に行く際に村人の一人から頼み事をされたのだが、それは後で良いだろう。

まぁ、そんなわけで特に目立った問題（アクシデント）も起こらずに、無事に王都『ブレスティア』に到着した次第である。

あ、言い忘れていたが俺たちが住んでいるこの国は『アークス』という名前だ。名前の由来は知らんが、世界有数の国家だとかなんとか。今まで興味なかったのでそれ以上は知らない。

——ブレスティアは俺の想像が具現化したかのように煌びやかで壮大な場所であった。

もうね、とにかく人が多いの。多すぎるのよこれが。あと建物がデカい。二階建てを超える建造物なんて初めて見たよ。

馬車の中から王都の街並みを眺めて圧倒されていた俺だったが、ここに来て俺の本懐を思い出した。

「では早速、勇者様には王との謁見をお願い——」

「あ、悪い。俺ここで降りるわ」

「『…………は？』」

首を傾げるレリクスとペインをよそに、俺は馬車の扉を開いた。

「別に王様との謁見なんぞ、村人である俺がいなくても問題ないだろ」

あいにくと礼儀作法とは無縁の生活を送ってきた。勇者であるレリクスならともかく、俺が問題を起こしたらいろいろと面倒くさい事になるのは目に見えていた。

なので、王都に着いたらさっさと別行動をしようと決めていたのだ。

「なんかあったらこの街にある教会に顔を出すから」

「ちょ、ま――」

ペインが何やら口にするが、俺は気にせず馬車から飛び降りて街の人混みに紛れた。

さて、王都に着いたわけであるが、俺は早速俺の目的を果たすとしよう。

俺が王都に来たかった理由は、王都の華やかさに憧れていただけではない。そう、全てはこのときのため。

「いざ――『色街』へ！」

――言っておくが冗談ではなく、大真面目だ。

俺が王都を目指した一番の目的は、噂に聞く色街で『娼婦』を買うためだ。

一人の男として、素晴らしい〝初体験〟を済ませるためである。

可能な限り、下調べはしてある。

王都への道中で、ペインに同行していた者の一人（男性）からいろいろと聞き出し、情報は仕入れた。

いくら聖職者とはいえ男は男だ。彼によると、たまりにたまった性欲を解消するために金で女性を買っている者は意外といるようだった。

教会の生臭い性事情は、この際どうでも良い。

重要なのは、色街で綺麗な娼婦（おねーさん）とやんやんすることである。

俺の懐事情は結構温かい。

もともとの貯蓄に加えて、厄獣（モンスター）を狩った肉を金銭に換え、ついでにレリクスの子守役としての報酬もすでに王都に着く前日にもらっている。

王都でしばらく生活する関係上、全額をつぎ込むことはできないが、生活費を差っ引いた額だけでもかなりのもの。俺の調べによれば、結構良いかんじの娼婦が買えるはず。

そして、〝初体験〟を済ませた後は、レリクスが魔王討伐の旅に出発するまで適当に王都で暮らし、頃合いを見て村へと帰るのだ。

そんなわけでして、早速話に聞いた色街へと向かう。

表通りの華やかな空間から路地裏に曲がり、奥へと進む。煌（きら）びやかさと距離が離れるにつれて、どことなくひんやりとした空気が肌に触れる。

奥へと進むと、少し開けた空間に出た。言っては悪いがかなり小汚い空間だ。よく見ると、道の端に座り込み、真昼間から酒を飲んだくれている者や、寝転がっている者がちらほらと。

噂にはよく聞くが、表の華やかさと打って変わってかなり暗い雰囲気だ。

それで足踏みをしているわけにもいくまい。俺は壮大な野望を胸に秘めている。

目的地——色街はここからもっと先に進んだ場所。ここはまだまだ街の裏側への『入り口』に過ぎないのだ。

俺は「ふんす」と鼻息を強くして気合いを入れた。

——男は度胸だ！　ビビってる暇はない！

「やめてください！」

——なんてことを考えていたら、女性の叫び声が聞こえてきた。

「ん？」

俺の前方で、柄の悪そうな男に絡まれている、フードを被った女性を発見した。

——とりあえず野郎は折檻(ボコッ)した。

え、前置きがなさすぎる？

だって、明らかに女性が野郎に襲われている状況だっただろうに。

それが顔面が崩壊しているような不細工でも、呪われているとしか言いようがない不細工でも、むしろ性別間違ってません？　というくらいに不細工でも、女性が困っていれば助けるというのが男の本来あるべき姿だ。少なくとも俺はそう教えられたし、俺自身もそう思っている。

もしそれが野郎（おとこ）であれば――多分、助けるとは思うがモチベーションが段違いになるのは確実だ。

だって、どうせ助けるなら女の子のほうがいいでしょうよ。

4 どうやら美人を助けたようですが

チンピラどもは喧嘩慣れしているようではあったが、さほど強くはなかった。多少は拳を食らってしまったが、顔を歪めずに我慢できる程度の痛みだった。

別に俺だって自慢できるほど腕っ節は強くないが、これでも厄獣（モンスター）を狩ってきた経験があるし、農作業で鍛えた筋力もそれなりにあるとは自負している。

王都の中でぬくぬくと生活していたもやしっ子に比べれば、大自然の脅威のほうが百倍も強敵。ただ、自然は俺たちの敵であると同時に大いなる恵みでもあるので、チンピラに比べて百倍は有益な存在だ。

気絶して倒れている野郎どもは通行の邪魔になるので、適当に道の片隅に纏めて放置しておく。ついでに身包みをはぎ取り、そいつらのお財布は迷惑料として頂戴した。

簡単な後処理が終わってから、改めて女性の方に目を向けた。

彼女はまるで呆けたように俺の顔を見ていた。

「お嬢さん、大丈夫か？」

「――ッ!?　だ、大丈夫です？　ありがとうございます!?」

「……なぜに疑問形」

「あ、いえ……その。諸々の手際があまりにもよどみがなかったので、少し驚いていました」

ああ、村長の馬鹿息子が悪戯する度に、素っ裸にして木に吊してたからな。ここに木があれば、この女性に暴力を働こうとした男たちも吊してやるのに。運が良い奴らめ。

「――取り乱して申し訳ありません。改めて、危ないところを助けていただき、ありがとうございました」

「ま、無事で何よりだ」

頭を下げてくる女性に、俺は軽く答えた。大した手間でもなかったし、深刻な状況に陥らなくて何よりだった。

しかし――よく見るとなんかいろいろと凄いな。

「あの……私の顔に何か？」

「こう、助けたお嬢さんがもの凄く美人でちょっと驚いてるだけだ」

「ほえっ⁉」

なんか女性の口から変な声が出てきたな。ちょっと可愛い。

最初は目深にフードを被っているので気が付かなかったが。

この女性、とんでもない美人だ。

カラダ付きはもの凄く華奢なのに、ごく一部の自己主張がもの凄く激しい。露出はほとんどないのだが、服に覆われた胸部の盛り上がりがとても窮屈そうだ。ちょっとした切れ込みでも付けば、内圧に負けて服がはじけ飛ぶこと間違いなし。

そして、フードの隙間からちらりと見えた顔も、『女神様』と称しても過言でないほどの美しさである。

さらによく見ると、着ている服も簡素でありながら素材が上等そうである。

「その……そんなに真剣に見つめられると……恥ずかしいです」

「お、こりゃ失礼。あんまりにも美人さんすぎて見惚れてた」

「そ、そんな……お世辞ばっかり言われても」

「世辞じゃなくて本心なんだけどなぁ」

「あぅぅぅ……」

謙遜する女性に重ねて言うと、彼女は顔を真っ赤にして俯いてしまった。あまり褒められるのに慣れていないのか。

こんな美人さんが照れているのを目の当たりにすると、顔がニマニマしてしまうな。胸の奥がほっこりする。

——さすがに色街行きは日を改めるしかないか。

こんな綺麗なお嬢さんを目にした直後に娼婦とイタしても、お嬢さんの顔がちらついて集中できないに決まっている。

予定を切り替えて、とりあえずは。

「まずはこっから出ようか。お嬢さんみたいな美人がずっといて良い場所じゃぁないだろ」

「そんな――美人だなんて」

「…………お嬢さん？」

「――はッ⁉　な、何でしょうか？」

…………ちょっと、大丈夫だろうかこのお嬢さん。

俺の声に我に返るお嬢さんだったが、またも意識があらぬ方向に飛んでいきそうで声が掛けづらい。俺が無意識レベルで褒め言葉を口にしているのが原因なんだがな。

だが俺の気持ちも分かってほしい。咄嗟に口が出てしまうほどに彼女が綺麗なのが悪い。

あと胸が大きい（ここが最重要）。

というか、改めて考えるとこのお嬢さん。なんで色街へと続くような道にいるのだろうか。身形の良さからして、ここら近辺に居を構えているようには到底思えない。

だが、俺の考察はすぐに中断することになった。

「――さ――は、どこに――のだ――」

「――っちに――な――ぞっ――」

ひんやりとした路地裏に遠くから怒声が響いてきた。姿は見えないのに声が聞こえてくるということは、相当に大きな声を発しているのだろう。

頬に手を当てて「やんやん」と悶えていたお嬢さんだったが、遠くからの声を耳にした途端に照れの表情が消え、代わりに浮かび上がったのは焦燥（しょうそう）だった。

――ったく、しょうがねぇな。

俺は溜息をつくと、お嬢さんの手を取った。

「え？」

「ほら、いくぞ。こんな場所にあんまり長居するもんじゃねぇからな」

「あ、ちょっと――」

お嬢さんが何やら口にする前に、俺は彼女の手を引いてその場から離れた。ちょうど、怒鳴り声たちが遠ざかるように。

事情はよく分からないが、先ほど聞こえた怒声の主にお嬢さんは追われていたのだろう、と勝手に推測する。

最初は戸惑っていたお嬢さんが、俺の手を振り払おうとせず、逆にしっかり握りしめてきた。

俺は会ったばかりのお嬢さんと共に、慣れない王都の路地裏を袋小路に入り込まないことを祈りながら走り抜けたのであった。

5 観光をするようですが

　しばらく走り続けると、俺たちはどうにか表通りに出ることができた。背後を振り向くが誰かが追ってくるような様子はない。

　そのまま表通りの人の雑踏に紛れて進み、路地裏の入り口から遠く離れた道の端でようやく足を止める。

「とりあえず、ここまでくりゃぁ一安心だな」

　軽く息は切れる程度の疲労感を覚えながら、俺はお嬢さんを見る。

　一応、彼女が脱落しないように速度は落として走っていたつもりだ。それでもお嬢さんは建物の壁に背中を預け、今にもへたり込んでしまいそうなほど疲弊していた。

「も、申し訳ありません。なにぶん、外を出歩いたことがあまりなくて……」

「気にしなくて良いさ。ゆっくり深呼吸して、まずは落ち着こうか」

「は、はい。分かりました……」

　彼女は胸元に手を当てると深く呼吸をし、乱れた息づかいを整えていく。

　……こう、深呼吸しているだけで揺れてしまいそうだな。

　などと考えているとは露も知らず、何度か（揺らしながら）深呼吸をして息を整えたお嬢さんが、こちらを向く。

「重ね重ね、本当にありがとうございます」

「どういたしまして」

咄嗟の行動ではあったが、どうやら俺の選択は彼女にとって間違いでなかったようだ。

「んで、お嬢さん。事情を聞いても良いか？」

「えっと……それは……」

「ああ、いいさ。答えにくいなら無理に聞こうとは思わねぇよ」

「……良いのですか？」

「良いのですよ」

助けたからといって、その人の事情に深く足を踏み入れるかはまた別問題だ。

軽く答えてから、俺は話を切り出した。

「勢い任せにあの場から離れちまったが、お嬢さんはあの場に用があったりするのか？　少なくとも今日一日はやめておいたほうが良いと思うけど」

こんなお嬢さんがあんな怪しげな場に足を踏み入れていたのだ。ただならぬ理由があったに違いない。少しだけ悪いことをしてしまったかと思っていたのだが。

「い、いいえ。実は……道に迷ってしまって、たまたまあそこに行き着いてしまっただけなんです」

「……え、本当（マジ）で？」

「ええ、本当（マジ）です」

予想外の答えに俺は思わず聞き返していた。彼女は恥ずかしそうに頷く。下手に勘ぐった俺も妙に恥ずかしくなってきた。

「ああ……じゃぁ聞き方を変えよう。これからどうするよ」

「どうする……とは？」

「〝行く当て〟はあるのかって意味だ」

そう聞くと、気まずげに視線を逸らした。

おい、ちょっと待てよ。

「……もしかして、行く当てもなく彷徨ってたのか？」

「むしろ、行く当てもなく彷徨うことが目的であったと言いますか……」

どんな目的だよ！　とツッコミを入れたくなった俺の気持ちも察して欲しい。ただ口にすると完全にお嬢さんにトドメを刺す結果になるので喉元で飛び出そうになる寸前を耐えた。

俺は一度、天を仰いでから冷静さを取り戻す。

「じゃぁ、しばらく俺と一緒にいるか？」

「――？」

「実は俺、さっき王都に来たばっかりなんだよ。これから街を散策がてらに観光するつもりなんだが、どうよ」

「――ッ、ぜひご一緒させてください‼」

俺の何気ない提案に、お嬢さんは花の蕾が開くような笑みを浮かべた。ちょ、止めてくださ
い。笑顔が神々しすぎて見るのが憚(はばか)れる。

「お、おおぉぅ。そうかい。じゃあ一緒に行くか」

「ハイ！」

予想外の食いつきっぷりに動揺してしまったが、とりあえず喜んでくれたようで何よりだ。

こうして、俺の王都生活初日は、『突撃隣の色街へ！』から『謎の美少女と王都観光』に
変更(シフト)したのである。

「へぇ……お友達に誘われて」

「別に友達ってほど仲が良いわけじゃぁないんだがな。なぁんで俺を一緒に連れて行こうと思
ったのかは、てんで分からずじまいだ」

活気のある街中をお嬢さんと並んで歩く。その間に、俺が王都に来るまでのあれやこれを話
す。

お嬢さんは俺の話の一言一言に相づちを打ち、面白そうに微笑んでいる。何が面白いのかは
俺もよく分かっていないが、お嬢さんに楽しんでいただけて何よりだ。

「――にしても、王都ってのは本当に賑やかだな。毎日こんなのなのかい？」

表通りには出店が立ち並び、時折芸を披露する大道芸人がいて周囲からの喝采を浴びている。吟遊詩人の語りに耳を傾けている者もいれば、純粋に楽器で音色を奏でて周囲の喝采を浴びている者もいる。

毎日これだけ熱気があるとは、王都の賑やかさには恐れ入る。ただ、お嬢さんは俺の感想を否定した。

「いえ、普段はこれほど賑わってはいません。ここ数日が特別なだけなのです」

「特別って——お祭りでもあるのか？」

「……ええ。実はフォニア教会の教皇様が一週間前に宣言したのだそうです。この王都に、神に選ばれた『勇者』が訪れると」

「へぇ、勇者ねぇ……。って、それって宣言しちゃって良いのか⁉」

お嬢さんには俺が王都に来るまでの道中の話をしたが、肝心の『勇者』に関してははぐらかしている。俺が勇者の知り合いだと信じてもらえるはずがないだろうし、安易に広めて良いとも思っていなかったからだ。

……って、おい。

確か教皇って教会で一番エラい役職だろ。組織のトップが率先して喧伝してるのかよ。俺の配慮を返せ。

「魔王の復活が噂される昨今、国民の皆様の心には不安が広がっています。ですが、勇者様はこの世界に希望をもたらすお方。その存在そのものが人々の心に光を灯してくれます」

勇者の存在を大々的に明かすことで、民衆の不安を誤魔化そうという算段か。それで、その効果が目の前に広がる活気づいた王都ってことか。

俺にとってもこの賑わいは幸運だ。隣の綺麗なお嬢さんと一緒にこの活気を楽しめるのだからな。

「さて、どうせだから出店を楽しもうか」

「――えっ？　……そ、そうですね。どうせだから楽しみましょう！」

どうしてか、一瞬だけ驚きの表情を見せたお嬢さんだったが、すぐに笑みを浮かべる。深くは追求しなかった。

6 とにかくお嬢さんと楽しんだのですが

もともと、ヤることヤったら、次の日からは王都を気ままに観光する予定だったのだ。予定日が繰り上がったと考えれば良い。綺麗なお姉さんといちゃこらするのとは別に、王都の珍しい食べ物とかも結構楽しみにしていたのだ。

「見てください！　アレは何でしょうか⁉」

「焼き串だな」

「焼き串ですか⁉　どんな料理ですか⁉」

「肉に木の串をぶっさして焼いただけ、見たまんま単純な料理だ」

「でも、凄く美味しそうな匂いがします！」

「確かに美味そうだな」

偶然知り合った奇妙な同伴者（巨乳美少女）の興奮具合が半端でなかった。

お嬢さんは出店や道ばたで目に付いたものを端から指さして、何なのかを問いかけてくる。俺だっていろいろと初めてのものが多く、曖昧な答えになってしまうことも多かったが、そんな返答であってもお嬢さんはとても楽しそうであった。

そして、そんな彼女を側で見ている俺も楽しんでいる次第である。

と、いつの間にかお嬢さんが足を止め、物欲しそうな目で店頭で焼かれている焼き串を眺めている。今まで食べ物系の出店は多くあったが、どうやら焼き串が彼女の琴線に触れたようだ。

そういえば、王都に来てからまだ何も食べてないなと、俺は彼女の手を引き店の前まで行く。

少し惜しいと思いつつ俺は彼女の手を離し、懐の財布を取り出しながら店主のおっさんに声を掛けた。

「おっちゃん、串焼き二つ」

「あいよ。お、お兄ちゃん、ずいぶんな別嬪(べっぴん)さんを連れてるねぇ。もしかしてデートかい？」

「――はっ⁉　男女が二人一緒に街へ出かける……これが噂に聞く〝でーと〟いうものですかっ⁉」

と妙に戦慄しているお嬢さんを放置して、出店を開いているおっさんに串焼き二本分の代金を渡す。

「ハイ毎度あり。綺麗な彼女に免じてもう二本、おまけしてやる」

「おっちゃん、見た目相応に太っ腹だな」

「やかましいわ‼」

気を悪くする様子は微塵もなく、わっはっはと笑いながら恰幅の良い腹を揺らすおっさんに礼を言ってから焼き串を受け取った。

店の邪魔にならないように店頭から少し離れた位置に移動して、お嬢さんに焼き串を渡す。

「ほれ、まずは腹ごしらえだな」

「その……そんなに食べたそうな顔をしていましたか、私」

「ああ、そりゃもう。目が釘付けだったな」

「あぅぅ……」

己の食い意地に赤面するお嬢さん。ただ、顔を赤くしながらも両手に一本ずつ受け取るとすぐに目が輝き始めた。

よほど食べたかったのだろう。

と思っていたら、今度は硬直した。

「ん、どうしたんだ。食べたかったんじゃないのか？」

「あ、いえ。その…………」

答えに迷いながら視線を彷徨わせて、やがてはポツリと。

「た、食べ方が分かりません……」

いや、食べ方ってちょっと……。

「ああもうツッコむのもめんどくせぇな」

説明するより実演したほうが早い。

俺は自分の手にある串焼きに刺さっている肉に齧り付く。さすが王都、肉の味もさることながら、味付けのタレが実に美味い。村でも串焼きを食べることはあったが、この深い味わいはいくつも調味料を組み合わせないとできない。まさに、物が多く集まる王都ならではだな。

「フォークも使わずに直接……ですか？」

「（こくこく）」

肉を頬張ったまま無言で頷く俺を見て、お嬢さんが唖然となる。

「――これも庶民の流儀というやつなのでしょう」

いや、そんなご大層なもんじゃねぇよ、とツッコミたかったが、まだ口の中に肉が残っていたので黙ってスルーするしかなかった。

お嬢さんは焼き串を前に真剣な顔つきになると、意を決して肉に齧り付いた。

――カプッ。

小さな口を精一杯開いて、焼き串の肉を口に含んだ。食べ方まで可愛いとは恐れ入る。聞こえるはずのない擬音が脳内で勝手に再生されたほどだ。

肉を囓り取ったお嬢さんが口の中で肉をもごもごとさせる。時間を置くごとに、お嬢さんの顔が驚きに彩られる。口に合わなかったわけでないのは目の輝きから分かる。どうやら、お気に召したようだな。

「んーっ！　んーっ！」

「まずはしっかり噛んで、それから飲み込め」

口を閉じたまま興奮しだしたお嬢さんを手で制止すると、彼女は一生懸命に口を動かす。ま

るで小動物が一生懸命にエサを食べているような可愛らしさがある。

やがて肉を飲み込んだお嬢さんが、今度こそはと声を発した。

「美味しいです！　美味しすぎます‼　こんな美味しい物、生まれて初めて食べました‼」

「そりゃ、ようございましたね」

子どもの小遣いでも買えるような物で大感激するお嬢さん。安上がりで良いな、と思うのはさすがに失礼か。

「庶民の皆さんは、いつもこんな美味しいものを食べているのですか？」

深く考えないで口に出た疑問なのだろう。俺はつい悪戯心が湧いてきて言葉を返した。

「まるで、庶民の食べ物を知らないような言い口だな」

「――ッ⁉　そ、そそそそんなわけないじゃないですか！　この私ほど庶民な人はいませんよ！　庶民オブザ庶民。キングオブ庶民とは私のことです‼」

「誰もそこまで聞いちゃいねぇよ……」

お嬢さんの慌てっぷりが尋常じゃなかった。そもそも、焼き串の食い方が分からなかった時点でいろいろと手遅れだ。ただ、これ以上の言及は可哀想なので控えよう。

「じゃぁ、それを食い終わったら他の店も回るか。まだまだ先はあるしな」

「はいっ！」

かぷっ――もぐもぐもぐもぐもぐもぐもぐもぐもぐもぐ。

一心不乱に焼き串を食べるお嬢さん。

「もっと味わってゆっくり食え」

「――っ（こくこく）」

一心不乱に食べながら頷くお嬢さんだった。

――その後のお嬢さんのはしゃぎっぷりが凄かった。

最初は俺が手を引いて先導(エスコート)していたはずなのが、いつの間にか俺がお嬢さんに引っ張られる形になっていた。

面白そうな遊戯の店を見つければ、そちらへ向かい。

美味しそうな食べ物の店を見つければ、そちらへ突撃する。

まるで、親をせかす子どものようだ。

女の人と手をつなげているので十分に役得であったし、悪い気はしなかった。

お嬢さんの手は握れば潰れてしまいそうなほど華奢で柔らかい。農作業をして節々が硬くなった手も味があって悪くないが、なんだか新鮮な気分だった。

「あ、あれも面白そうですね！」

新たに興味を持った物に向けて邁進するお嬢さんに、俺は今さらながらの質問を投げかけた。

「お嬢さん、楽しんでるか？」

「こんなに楽しいのは生まれて初めてです‼」

打てば響くような答えだ。俺は堪らず笑い声を上げた。いきなり笑い出した俺を見て、お嬢さんがきょとんとした顔になる。

「あ、いや。俺もこんなに楽しいのは初めてだと思ってね」

「そうですか！　それは何よりです‼」

それから、俺たちは思う存分、祭り観光を楽しんだのであった。

7 お別れなのですが

——楽しい時間というのはあっという間に過ぎ去る、というのは本当らしい。

俺たちは街中の広間に設けられたベンチに腰を降ろしていた。見上げた空は気が付けば日も陰り、夕焼けに染まっている。

表通りを賑やかせていた出店も片付けを始めており、人通りも徐々に少なくなってきている。

「……楽しい時間というのは、あっという間に過ぎてしまうものなのですね」

「ちょうど今、俺も同じこと考えてたわ」

どうしてか、二人とも可笑しくて笑い声を上げていた。

そこからまた、沈黙。

帰路につくであろう、あるいはまた別の場所に向かうであろう人々の流れを、俺たちはただただ無言で眺める。

言葉を発すれば、それだけ終わりが近づいてしまう。黙ってさえいれば、この静寂の時を味わっていられる。そんなふうに思っていた。

だが、その静けさを破ったのは、お嬢さんのほうだった。

「……今日は、ありがとうございました」

「そいつは、何に対しての〝ありがとう〟だ?」

「いろいろなことに対してのありがとうです」

彼女はおもむろに立ち上がると数歩前に出て、くるりと俺のほうを向いた。

「路地裏で助けてくれたこと。あそこから連れ出してくれたこと。一緒にいてくれたこと」

――そして、なにも聞かないでいてくれたこと。

彼女は嬉しそうに、だが一抹の寂しさを含んだ笑みを浮かべた。見ているだけで胸が締め付けられるような微笑み。胸の痛みを顔に出さなかったのは、男としての意地だろう。

「気づいてはおられたのでしょう。私が〝市井(しせい)〟の者ではないと」

「あれだけの天然っぷりを見せられちゃぁ、ド田舎出身の俺でも分かるわな」

素直に答えてやると、お嬢さんが少しだけ固まった。

「……あの、そんなに分かりやすかったですか?」

「アレで隠し通せている自信があったなら、逆に驚きだ」

「あうぅぅぅ」と恥ずかしげに俯くお嬢さん。

俺もベンチから立ち上がり、彼女の肩を叩いてから側を通り過ぎる。振り向く彼女に言った。

「……少し歩こうか」

お嬢さんは、こくりと頷いた。

夕暮れの街を、二人で言葉もなく歩く。

本当はもっと言葉を交わしたかった。

けれども、言葉を重ねれば重ねるほど、大きな未練を残す。

別れるのが惜しくなってしまう。

——お互いに理解しているのだ。

この出会いは、別々の道を歩いてきた二人の、たった一度の混じり合い。もう二度と、互いの道が巡り会うことはないと。

——そして。

「……ここまで、ですね」

お嬢さんが足を止めたのは、水路の上に掛かった橋の中央。同じく立ち止まった俺が振り向くと、彼女は深々と頭を下げてきた。

「私のわがままに付き合ってくださり、感謝します。このご恩は一生忘れません」

「よせやい。俺だってこんな綺麗なお嬢さんと一緒にデートが出来て一生の思い出にならぁ」

「私も素敵な殿方とご一緒（デート）できて嬉しい限りです」

別離の時は目前に迫っていた。

せめて彼女にとって今日が特別であってほしいと強く願う。

「お嬢さん。こいつを受け取ってくれないか？」

だから、俺は懐に収めていたそれを彼女に差し出した。

「これは――」

「実は、昼間にちょっとな。今日の記念ってことで……受け取ってくれないか？」

俺の手の上には、綺麗な青色をした石がはめ込まれたペンダント。彼女が大道芸人の芸に夢中になっている隙に、こっそり買っていたのだ。

「お嬢さんが身につけるにはちょいと安物すぎるかもしれないが」

「そんなこと……ありません」

ペンダントを受け取った彼女は、胸に抱くようにそれを握りしめた。

「あ。でも私、返せる物が何も……って、よく考えたら今日のお代も全部あなたが……」

「男の甲斐性ってことで、そこは黙って受け取ってくれると嬉しいかな」

「そんなわけには」

と言いかけた彼女が思い出したようにハッとなった。

お嬢さんは自分の左手に付けていた指輪を外すと、俺に差し出した。かなり緻密な彫刻が施された代物で、素人目から見ても一級品であると分かった。

「これを受け取ってください」

「いやちょっと、待ってくれよ。これってかなり高いんじゃ」

「こういうときに物の値段を聞くのは無粋ですよ？」

俺が口にした言葉への意趣返しか、お嬢さんが悪戯っ子のように微笑んだ。

「それに今日はいろいろとしていただきましたし、そのお返しです。迷惑であれば売り払ってもらっても構いません」

「俺が構うわ！」

頑として譲らないお嬢さんに根負けし、俺は指輪を受け取った。

「あと、最後に一つだけ」

お嬢さんは被っていた外套（マント）のフードを頭から外した。

「このペンダント……あなたの手で付けてくれませんか？」

収まっていた緋色の髪が解放され、はらりとこぼれ落ちる。夕焼けよりも彼女の鮮やかな髪の色と美貌に、俺は目を奪われた。

少ししてから、ペンダントを持った手が俺の前に差し出されていることに気が付き、我に返った。夕焼けの光がなければ、俺の顔が真っ赤に染まっているのがお嬢さんにバレバレだっただろう。

ペンダントを受け取り、鎖の金具を外してお嬢さんの首の後ろに回してとめてやる。

「ほら、これでいいか？」

「はい」

お嬢さんは、頷きながら胸元に下がったペンダントをぐっと握りしめた。

そして、俺とお嬢さんは揃って笑みを浮かべた。

記憶に残った最後の顔が、互いに笑顔であってほしいと願ったから。
俺はこの時にお嬢さんが浮かべた満面の笑みを一生忘れないだろう。
お互いの身の上はおろか、名前すら知らない相手。
それでも、俺たちの出会いは確かにここに存在していた。
お嬢さんの胸元にあるペンダント。
俺の手の中にある指輪。
たった一度の出会いの証し。
「では……さようなら」
「ああ、さようならだ」
俺たちは互いに背を向けて、歩き出した。
――これで俺とお嬢さんの邂逅(かいこう)は終わりだ。
――王都を訪れた日に起こった出来事。
――そして、俺が人生で初めて〝一目惚れ〟というものを体験した日であった。

side braver 2

――僕は謁見の間にいた。

王城はまさに、一国の主が居を構える威風堂々とした場であった。

街の端からでも見えるほどの巨大な建造物。中に入れば、まさに豪華絢爛と言った具合。見たこともない絵や芸術品が所々に置かれており、その中を歩く僕はまさに借りてきた猫のようであっただろう。

僕は王と会うための場所に通されていた。

さすがにこの場には僕一人というわけではない。ペインさんと他数名の教会の人間が同席してくれている。

王侯貴族への礼儀作法など知る由もない僕は、ペインさんたちの真似をして玉座に対して膝を屈し、ひたすら来たるべき人物を待つ。

――不意に、僕の脳裏につい数時間前の出来事が再生された。王都に着いた途端、ユキナが馬車から飛び降りてしまった場面だ。

「まったく、困ったご友人ですな、彼は」

「あははは……」

ユキナが飛びだして開きっぱなしの扉を閉め、ペインさんが溜息と共に咎めるように言った。

僕は曖昧に笑って誤魔化すしかなかった。

王都に向かう道中での会話で〝勇者の付き添い〟がユキナにとっては事のついでであるのは察していた。けれど、こうもあっさり単独行動に出るとは思っていなかった。てっきり、王様との謁見にまでは付いてくると思っていたのだ。

村人――庶民にとって、王族は雲の上の存在だ。遠くから目にすることはあっても、間近で会うことなど一生に一度あるかないか。

万人にとっては貴重な体験であっても、ユキナにとってはさほど興味がなかったみたいだ。

そういえば、ユキナは時折教会の人と話をしていたようだ。もしかしたら、彼が王都に来た理由に関係しているのかもしれない。機会があれば話し相手になっていた人に聞くのも良いかもしれない。

「彼を如何しますか？　人混みに紛れてしまえば、探すのは容易ではありませんが……」

「仕方がありませんよ。王様との謁見にはユキナ抜きで向かいます」

本音を言えばユキナには王様との謁見まで一緒に付いてきてほしかった。この国を治める最も位の高い人が、僕を勇者と認める光景を彼に見てほしかった。

ただ、彼は己のペースを崩されるのを何よりも嫌う。無理に連れて行こうとすればユキナが頑なに反抗するのは目に見えていた。

「……よろしいので?」

「大丈夫ですよ。教会の人たちは良い人たちばかりですから。あなたたちがいてくれれば、王都暮らしも心強いです」

「勇者様にそう言っていただき、我ら教会として感激の至りです」

教会の人たちがいい人たちばかりなのは、王都に向かう道中で理解できた。勇者として選ばれはしたが、たかが田舎の若者である僕に親切に接してくれた。彼らがいてくれるなら、ユキナがいなくても心細い思いはしないで済みそうだった。

「王がいらっしゃいました。皆様、失礼のないようお願いします」

城の勤め人が王の来訪を告げ、僕の意識が引き戻された。

僕たちが頭を下げてその時を待っていると、やがて屈強な鎧を纏った兵士を連れた一人の男性が現れた。

おそらく、先頭を歩く人が僕たちの待っていた人なのだろう。

顔を伏せたままでは、その人の足下しか見えない。なのに、彼が現れた途端に謁見の間の空気が張り詰めたように思えた。顔は下に向けたまま少し背後を見ると、教会の人たちの表情も強ばっていた。

「教会の者たちよ、ご苦労であったな。皆、面を上げよ」

許しが出て、僕たちは顔を上げた。

姿を見たのはこれが初めてだけど、間違いない。彼こそがこの国を治めるベルンスト王だ。装飾に彩られた衣装を纏いながらも、その内側にある屈強な肉体が見て取れる。その威風堂々とした姿はまさに、この国の支配者の証明であろう。

ペインさんが口を開いた。

「国王陛下。貴重なお時間を頂き、まことにありがとうございます」

「よい。我が国アークスにとって――ひいてはこの世界にとって重要なことだ。そのために時間を割くのは当然のことと言えよう」

そして、ベルンスト王の視線が僕を射貫いた。王の鋭い眼光に僕の背筋が震えた、

「そなたが勇者か」

「は、はい、国王様……。レ、レリクスと申します」

ちゃんとしなければいけないと分かっているのに、心臓の動悸が激しすぎて口元が覚束ない。頭の中がだんだんと真っ白になっていくようだ。

あからさまに動転している僕に、ペインさんが助け船を出してくれた。

「陛下。勇者様は先日までは何も知らない村人でした。多少のご無礼はお許しください」

「その程度は私も心得ている。世界を救う運命にある者に対して、事細かく礼儀を問うつもりはない。立場的にはむしろ、私のほうが跪くべきなのだからな」

世界を救う運命――王の言葉を聞いて僕はハッとなった。

僕はやがて世界の脅威となる『魔王』と戦わなければならないのだ。一国の王相手とはいえ、肩を震わせているだけでは到底そんな大業は成し遂げられない。

「王という立場であるがため、安易に人へ頭を下げるわけにはいかん。だが、こちらも無礼を承知で聞こう」

王の言葉を耳にし、体の震えが徐々に収まってくる。

「伝承によれば、魔王は強力無比な力を秘めているという。それこそ放置すれば世界を破滅に導くほどだという」

僕は拳にぐっと力を込めた。

「――勇者レリクスよ。そなたに、魔王に立ち向かう覚悟はあるか？」

その問いかけに、いつしか震えは止まっていた。

自然と、そんな口が開いていた。

「……それが僕の運命であるならば」

僕は神に選ばれたのだ。ならばその運命に従い、魔王を打ち倒さなければならない。いつまでも、村人の気分に浸ってはいられない。

僕の決意に王は頷いた。

8 勇者は神殿に行くようですが

王都に着いた日、一つの別れを経た俺は、この街の教会へと向かった。

王との謁見が嫌だったから昼間は飛びだしたが、これでも子守役（おもり）は引き受けた手前、このまま姿を眩ませてはあまりにも筋が通らないと思ったからだ。

王侯貴族と顔を合わせるのは嫌だが、レリクスの話し相手ぐらいは務めてしかるべきだろう。レリクスは王都に滞在している間、教会の用意した宿に泊まる事になっている。王城では何かと肩が凝るだろうし、何より教会は勇者を選定する神を信奉する宗教団体。勇者の世話役を買って出るのは当然とも言えた。

で、向かった先の教会はとんでもなくデカかった。村にある教会が『馬小屋？』と思えてしまうほどの大きさだ。王都の中心部にある王城も大きいが、こちらも負けず劣らずの規模だ。

運が良いことに、俺が教会を訪れるのと同時にレリクスを乗せた馬車が敷地内に入ってきた。どうやってレリクスと再会するか迷っていたので、渡りに船だ。

レリクスと俺は揃って教会内の一室に案内された。レリクスが王都に滞在する間に寝泊まりする場所。

まぁ、豪華だったね。一庶民では入ることすらできないような部屋だった。ベッドに天井が

付いてたからな。

とりあえず俺はパスだ。こんな堅苦しい場所に住むくらいなら、街の安宿に泊まるわ。

「良かった。だったらちょうど良いかもしれない」

そのことを伝えたら、レリクスは予想外の反応を見せた。てっきり、昼間に馬車から飛びだしたことを含めて少しくらい咎められると思ってたのだが。

話を聞くと、レリクスは近いうちに遠征することとなったらしい。遠征と言っても、向かう先は王都から二〜三日程度の距離。どうやらそこは勇者に関わる神殿があり、中には勇者の武器である『聖剣』が保管されているとか。

目的はその『聖剣』を手に入れること。

「ただ、残念なことに神殿の中には勇者と王族の人しか入れないらしいんだ。だからユキナが来ても――」

「ああ、別にそこら辺は問題ねぇよ。王都で適当に時間を潰すから」

申し訳なさそうに言うレリクスに俺は軽く答えた。

神殿には王族の一人も同行するようで、俺としてはそんな堅苦しい空気は御免被りたい。神殿に着いてからも何かとしきたりがあるらしく、数時間はかかるんだとか。だったら、王都にいたほうが暇もつぶせるしな。

「ところで、一緒に行くのって王様なのか？」

「さすがに王様が一緒に行くわけないよ。公務とかで忙しいだろうし、万が一のことがあったら大変じゃないか」

興味本位の質問をすると、レリクスが肩を竦めた。

勇者に万が一のことがあっても良いのかと思わなくもないが、魔王討伐なんていう荒事の極地みたいな仕事をさせるのだ。万が一程度でくたばっていたら魔王を倒すなんて夢のまた夢か。

「一緒に行くのは、王様の娘だよ。神殿には王族の血と彼らが保有する鍵が必要らしいからね」

「ってことは、お姫様か。綺麗だったか？」

お姫様と聞くと、まず最初に可憐な美少女を想像してしまう。

「今日は用事があったみたいで、会うことはできなかったけれど、凄い綺麗だって評判だよ」

「そりゃ……仮に一国のお姫様の顔が崩壊気味でも、綺麗だって褒めるしかないだろう」

王都に滞在していれば、お目にかかれる機会もあるかもしれない。その評判が正しいものであると祈ろう。

——というわけで、レリクスは神殿へと旅立った。

俺は俺で教会に用意された部屋ではなく、街の安宿を借りて生活することとなった。あんな装飾過多な部屋に住んでいたら気が滅入ってきてしまう。

さて、今度こそ綺麗なお姉さんといろいろとしけ込みたいところではあったが、その前に一つの用事を済ませることにした。

村人の一人から、頼まれ事を預かっていた。

王都の武器屋で新しい剣を買ってきてほしいとのことだ。

そいつが厄獣駆除に使っていた剣はもともとがそれほど質が良いものではなく、それでも修理に修理を重ねてどうにか誤魔化していたが、ついに限界が来て半ばで折れてしまったのだ。

どうせ新しい剣を買うなら王都に売っている質の良い剣を、と俺に頼んだ次第だ。

そんなわけで、早速武器屋に向かった俺なのだが。

「……武器屋、多すぎだろ」

宿屋の店員に武器屋の場所を聞いて早速訪れたが、店の多さに唖然とした。

武器が所狭しと店に並んでいる以前に、武器屋が一つの通りに所狭しと並んでいるのだ。

「どの店を選べば良いんだっての」

金槌を振るう音が鳴り響く武器屋の通りを、店頭を物色しながら歩く。

故郷の村とは比べものにならないほど多くの人間が住んでおり、店の数も相応に多いのはよく考えたら納得できる。だが、大して武器の目利きができない俺にとっては悩ましい問題だ。

――――ドガッシャァァアンッッッ！

さてどうするか、と迷っていると何かが破壊されるような大きな音が響いてきた。何事かと音の発生源を振りむくと、少し前に通り過ぎた店の前で、誰かが倒れていた。先ほど通り過ぎたときにはあんなのなかったぞ？

と、首を傾げていると再度破壊音が響いてきて、店の中から男が一人飛びだしてきた。

いや〝吹き飛ばされた〟のほうが正しいか。

あ、もう一人飛んできた。

眺めていると、男たちが吹き飛んできた店から、ずんぐりむっくりとした体型のお髭もっさり爺さんが出てきた。

「出て行け！　貴様たちのような木っ端に売るような武器はありゃぁせん！　これ以上その顔(つら)を見せるようならハンマーでドタマかち割るぞい‼」

全身から怒気を発する爺さんが叫ぶと、男たちは悲鳴を上げて俺のいる方向へと逃げ出した。すれ違い様にその背中を見送ると、俺はもう一度彼らが吹き飛んできた店を振り返る。

すでに爺さんは店の中に戻っていて通りに姿はなかった。

怖い物見たさというか、物珍しさというか。

何を考えたのか、俺の足はその店に向かっていた。

9　俺は武器屋に行ったのですが

店の扉を開くと、立て付けが悪いのか凄まじいきしみ音が響いた。耳障りな異音に顔を顰めつつ扉を閉め、店内に足を踏み入れると。

――ハンマーが飛んできた。

「ぬぉぉぉッッッ!?」

咄嗟に尻餅をつくように上体を反らすと、ハンマーが俺の後ろにある扉に直撃。木造の扉を貫通しながら通りへすっ飛んでいった。

ドキドキと激しい心臓の鼓動を手で押さえながら、俺は扉に背中を預けながらへたり込んだ。

「ん？　さっきの奴らじゃないのか」

ケロッと言ってのけたのは、投擲(とうてき)後の体勢を保ったままのひげもじゃ爺(じじい)だ。

「こ、この店は客にハンマーをぶん投げるのがおもてなしの作法なのか………？」

「そんなわけなかろう。てっきり、さっきの阿呆どもかと思って、反射的にハンマーを投げてもうたわい」

はっはっはと、笑う爺。人を殺す一歩手前だったとは思えないほどの軽いノリだ。

「と、笑ってばかりもいられんわな。こりゃ失礼したわい」

爺さんは小走りに駆け寄ると手を差し伸べてきた。

「いきなり済まなかった。怪我はないかの？」

「奇跡的にな……」

握り返した爺さんの手はゴツゴツしており、そこから伸びている太い腕を見ても年季の入りようが分かった。

爺さんの手を借りて立ち上がると、爺さんは少し感心したような顔になる。

「ふむ、なかなかに鍛えた手をしておるの。さっきの避け方も良い動きじゃったし」

なんか褒められた。悪い気はしないな。

「んで、さっきは何であんなにぶち切れてたんだ？」

「なんじゃお前さん。見てたのか」

「嫌でも目に付くだろ。あんなに怒鳴ってりゃぁ」

「……自分で言うのもあれじゃが、あの光景を見てこの店に足を踏み入れるお前さんは相当に変わりもんじゃの」

「ハンマーが飛んできた時点で早くも後悔し始めたよ」

「そりゃそうじゃて！」

わっはっは、とまたも笑い出す爺さん。

「厄獣（モンスター）の一匹も狩ったことのないど素人が、分不相応な武器に手を出そうとしての。それを咎めたら急に喚きだしたんじゃ。あまりに腹が立ったんでぶちのめしてやったわい」

「高い武器が売れるなら、店としては儲かるんじゃねぇのか」

「儂の手がけた武器が阿呆に使われると考えると、腸が煮えくりかえる思いじゃ。そんな奴らに売る武器なんぞ、ありゃぁせんわい！」

「……客商売、下手そうだな爺さん」

儲け話を自分の手でぶちのめしてしまう辺りが致命的だ。

「ぶっちゃけ、この店は趣味でやっとるようなもんじゃからの！　儲けなんざ小遣い稼ぎのようなもんじゃて！」

本当にぶっちゃけたよこの爺。

……実はこの爺さん、もの凄いお金持ちなのか？

——それにしては店がボロっちぃ気がするけど。

「ボロいのは余計なお世話じゃ」

おっと、自然と口に出ていたらしい。

「ところで、お前さんは何をしに来たんじゃ？」

「武器を買いに来たに決まってんだろうが」

「……それもそうじゃの」

——俺は故郷の村で頼まれて武器を買いに来た旨を爺さんに伝えた。

「なんじゃ。お前さんが使う武器じゃないのか」

なんだか話している内に俺は気に入られたらしい。爺さんが至極残念そうに言った。

すぐに気を取り直し、髭を撫でながら尋ねてきた。

「まぁ良いじゃろう。主に相手にする厄獣の特徴と予算を教えろ。適当なもんを見繕ってやるわい」

どうやら、臍を曲げずに武器を売ってもらえそうだな。俺は言われたとおりの内容を伝えると、爺さんは「少し待っておれ」と店の奥へと引っ込んでいった。

その間、俺は店の中にある品を眺めることにした。

故郷の村にも武器屋はあったが、どちらかと言えば日用品の鍛冶を請け負うことがもっぱらであり、武器類は片手間程度にしか扱っていなかった。なので、こう武器がズラリと並んでいる光景は新鮮だった。

とりあえず、槍が並んでいる棚に目を向けた。

村の男たちは剣を使っている奴らがほとんどであったが、俺は剣よりも槍派だ。剣も使えなくはないが、槍のほうが性に合っていた。

俺の村――というかこの国では、〝武器と言えば剣〟という風習がある。勇者伝説が根強く浸透しているためだ。

勇者の武器と言えば『聖剣』。つまりは剣だな。そんな勇者にあやかろうと、皆が剣を使いたがるのだ。

俺に言わせてもらえば、武器なんて使いやすい物を使えば良い。〝格好いい〟で決めるのも一つの考え方だが、俺は見た目よりも実用性重視派である。

偉そうに言っているが、別に槍に対して並みならぬ情熱を抱いているわけでもない。あくまで使うなら『槍』というだけの話であり、槍に対する大層な目利きができるわけでもない。

現に、俺の目の前の棚には槍が何本も並んでいる。品の善し悪しは判別不能だが、ただ漠然と「村にある槍よりは良さそうだなぁ」と思うだけ。それでも少し心は惹かれる。

残念なことに、棚の槍はどれも値段が高く今の俺では手が出ない。無理すれば購入できるが、これは綺麗なお姉さんといちゃこらするための大事な軍資金。おいそれと財布のひもを緩めるわけにはいかない。

このままずっと見ていても購入欲が刺激されるだけだ。どうせなら他の武器も見るか、と視線を動かしたところで、不意に〝それ〟が目にとまった。

棚の片隅に置かれた、一本の槍。

槍は基本的に突くことが主体の武器だが、それは刃の部分が他の槍（それ）よりも広く長い。刺突の他に斬撃も行える形状をしていた。

気になるのが、周囲の武器が真新しいのに対して、その槍だけが妙に古くさいことだ。錆びているようには見えないのだが……。

「待たせたのぅ。お前さんの要望に合った、ちょうど良いのを見つけてきたぞい」

店の奥からドタドタと足音を立てながら、爺さんが鞘入りの剣を抱えてやって来た。俺はその槍から視線を外した。

「ほれ、こいつじゃよ。装飾は一切ない実用性重視じゃが、切れ味と頑丈さは保証するぞい。片手間で狩りを行うならこのくらいがちょうど良いじゃろうて」

爺さんから剣を受け取った。鞘から少しだけ引き抜く。

村に置いてあるどの剣よりも遥かに上等な剣なのが素人目でも分かった。

ただ、鞘に収めて全体を見るともの凄く無骨だ。誰もが頭の中に『剣』を想像して、一番単純な絵が具現化したような外見である。

「ま、面子を大事にする傭兵や貴族ならともかく、村人が使う分には装飾なぞ整備の手間が増えるだけで、ほとんど意味ないじゃろ」

「それもそうだな」

俺は懐から剣の代金を取り出して爺さんに渡した。枚数を確認し、爺さんは「うむ、毎度あり」と懐にしまった。

後は村に向かう予定の行商人を探し、手間賃と共に剣を渡せば頼み事は達成だな。

――人の住む村や町を転々とする行商人は、手紙や荷物の運搬も請け負っていることが多い。特別な運搬手段を持たない一般人にとって、行商人は遠くへ荷物を届けるための大きな手段であった。

　俺はしばらく王都に滞在する予定なので、村に帰るのはしばらく後だ。行商人に頼むのは当然と言えよう。

10 喋るようですが

買うもの買ったし店を出ようと踵を返した俺だったが、そこに爺さんが待ったの声を掛けた。

「お前さん自身の武器は買わなくてええのか？」

「王都にいる間は武器があっても使う機会はない。それに、この店の武器はどれも俺にはちょっと高いしな」

日々の生活費は教会から支給される。贅沢三昧をしなければ多少の貯金もできる額だ。そこそこに楽しみながら暮らす分にはまったく問題ない。

「高いのが問題か……」

爺さんが考え込むように顎髭を撫でた後に言った。

「だったら、この槍なんかどうじゃ？」

俺の横を通り過ぎ、爺さんが手にしたのは古い槍――俺が先ほど視線を向けていたあの槍だ。

「昔の伝手で仕入れたもんでな。見た目通り古い品じゃが物自体はしっかりしておる。商品である以上、いつでも売れるように整備はしておったから切れ味も保証するぞ。ついでに、中古品じゃから新品よりも格安じゃ」

掲示された金額は、確かに今の俺でも問題なく買える程度であった。

「ほれ、試しに持ってみろ」

購入した剣をいったん壁に立てかけて、爺さんの手から槍を受け取った。

「お、結構良い感じ」

古ぼけた印象はあるが、握った感じではしっかりしている。店内を傷つけないように小さく振るってみると、思っていた以上にしっくりと来た。

よく考えたら、村で使っていた槍もかなりボロく切れ味も悪かった。これを機会に新調するのも良いだろう。

俺はこの槍を購入することにした。

中古品であろうとも、品が良ければ特に思うところはない。むしろ安値で良い物を手に入れられたと考えるべきだろう。

なんてことを考えてたら――。

『ったく、誰だい。人がせっかく良い気持ちで寝てたのに無遠慮に振り回しやがって』

…………………………。

「おい爺さん、今なんか喋ったか？」

「いんや、儂は何も喋っとらんぞ」

爺さんはとぼけた様子なく答えた。

『本当ならぴちぴちの綺麗なねーちゃんに握られたら嬉しい限りなんだがこの際、贅沢は言うめぇよ』

きょろきょろと周囲を見渡すが、やはりいるのは店主の爺さんだけだ。店内に他の人間がいる様子はない。

だというのに――。

『あー、今のところはおめぇ以外には念話（チャンネル）を開いてねぇからな。そこの髭もじゃにゃぁ、俺の声ぁ聞こえてねぇよ』

俺にははっきりと聞こえているのだ。男性の声が。

『おいおい、どこ見てんだよあんちゃん。俺を探してるのか？　ほれ、今お前さんが握ってくれちゃってるだろうよ』

〝握っている〟という言葉を受け、反射的に俺は今握っている『モノ』に視線を向けた。

古ぼけた一本の槍。

だが、目を離す前よりも少しだけ変化があった。

ちょうど穂先の根元の辺り。先ほどまでは何もなかった場所に、今は赤色よりも深い朱色の石が埋め込まれていた。

『そうそう、それだよそれ。自分に〝それ〟って言うのも変な話だが、まぁそんなわけだよ』

「…………どういうこと？」

『つまり、あんちゃんが今まさに握っている太くて長くて逞しい槍が俺って事だよ』

「そこはかとなく卑猥な表現だな——って、ちょっとまて」

俺はまじまじと槍に埋め込まれた深紅の石を眺めた。

どうしてか、その石の奥から視線を感じた。

『俺の名はグラム。自分で言うのもちょっと変な話だが、世にも珍しい喋る武器だ。よろしくな、新たな相棒！』

——どうやら、王都の槍は喋るようです。


王都で適当に借りた宿の一室で、俺は床に置いた槍——グラムと、胡座（あぐら）を掻きながら対峙していた。

「ずいぶんと安い部屋だな。もうちょっとマシなの借りろよ」

「槍に住み心地とか関係ねぇだろ」

「気分の問題だよ、気分の。相棒が貧乏くさいと俺まで貧しくなったような気になるんだよ」

割と普通に会話が成立しているのだが——正直なところ、この喋る槍を早急かつ速やかに元の武器屋に返却したい気持ちが強かった。なにせ、喋る槍など明らかに真面（まとも）ではない。何かしらの曰くがあってしかるべきだろう。

だが、俺は手放せなかった。

『止めてくれよぉ。せっかく誰かに使ってもらえると思って嬉しかったんだよぉぅ。こんな寂しがり屋の俺を見捨てるのか。そりゃそうだよなぁ。周りには綺麗な武器が揃ってるもんなぁ。男としては人の手に触れられていない純粋無垢な武器のほうが良いよなぁ。はぁぁ……』

――と、今にも泣き出しそうな声で延々と呟き続けるのだ。このまま手放したら呪われそうで離すに離せなかったのだ。

武器屋の爺さんは変化した槍の形状に驚いていたが、気前よく最初に掲示した値段のままで売ってくれた。値上げでもしてくれれば手放す良い理由になったと考えなくもないが、そこは諦めるしかない。

「んで、実際のところは何なのよ、お前」

「自己紹介は済ませただろ。俺の名前はグラムだ。それ以上でもそれ以下でもない、ただの武器さ」

「武器は普通、喋らねぇよ」

「そこらの武器よりかは珍しい分類に入るわな」

答えているようで答えになっていないグラムの返答に、俺は腕を組んで溜息を吐いた。

「にしても、ずいぶんと落ち着いてるな相棒。俺を使ってきた奴らは大概、俺が喋るとそりゃぁ驚きに驚いてたもんだが」

「これでも十分すぎるくらいに驚いてるよ」

人間とは驚きすぎると一周回って逆に冷静になると、俺は人生で初めて知った。

「そもそも、お前はどっから声が出てんだよ」

「さぁな。そこんとこ、自分で深く考えたことねぇからなぁ」

深く追求したところで、声の出所は分かりそうにない。諦めた方が良いな。

「……ところで、今の話し方と店での話し方だと声の聞こえ方が微妙に違うのは、俺の気のせいか？」

「いんや、そいつぁ気のせいじゃねぇよ。あのぼろっちい店で相棒に話しかけたのは『念話（チャンネル）』だ」

そういえば、あのときも似たようなことを言っていたな。

『念話（チャンネル）ってぇのは、耳じゃなくて相手の頭の中に直接語りかけるやり方だ。だから、選んだ対象以外にゃぁ俺の声は届かねぇ。秘密の話をするにゃぁもってこいだろ』

――っ、驚いた。グラムの言葉通り、声が耳を通してではなく頭の中に反響するように聞こえてくる。

「相棒としちゃぁ普通の聞こえ方の方が落ち着くだろ。だから今は実際に声を出してるのさ」

頭の中に声が直接響くというのは、鮮明には聞こえるがどこかしら違和感を覚える。グラムなりの気遣いだろう。

「……人混みの中で喋るときは、その念話（チャンネル）ってので頼む」

「了解だ、相棒。俺も、街中で突然喋り出すような奴が相棒だなんて嫌だわ」

意見が合致したようで何よりだ。

ただ、グラムの〝相棒〟という呼び方にむず痒い感覚を覚えた。

ともあれ、話している感じでは、グラムは悪い奴（？）ではなさそうだ。

王都にいる間の話し相手、とでも思っておけば前向きか。槍にひたすら話しかける光景というのは、非常に滑稽（シュール）なのは間違いないが。

「先に断っておくけど、俺は今のところ率先してお前を使う予定はない。王都に来たのはあくまで知り合いの付き添いだし、特に金に困ってるわけでもない。それでも良いのか？」

「構わねぇよ。武器はただ持ち主（あいぼう）に従うまでさ。ああでも、倉庫の奥底で埃を被るような待遇だけは勘弁してくれ」

「そんなことしたら祟られそうだな」

「俺にそんな力はねぇよ」

――こうして、世にも珍しい喋る槍が仲間になったのであった。

グラムを得た翌日の夕暮れ、俺は決意を新たにして路地裏を歩いていた。

『相棒。ずいぶんと気合いが入ってるな』

背負った槍――グラムが愉快そうに言った。

グラムには俺が王都に来た目的をすでに伝えてある。

街中であるために穂先には布を巻いているが、グラムの声は変わらずに俺に聞こえてきた。

今の声は念話（チャンネル）で俺の頭の中に直接伝わっている。

「王都に来た理由の大半を占めるからな。嫌でも気合いが入る」

初日は問題（アクシデント）が起こってご破算になってしまった。もっとも、あの日の行動は後悔していないし、悪いことばかりでもなかった。

俺の胸元には紐に吊された指輪がある。

あの日、紅い髪をしたお嬢さんから受け取った指輪だ。女性物であるために俺の指には入らなかったが、こうしてペンダントのようにして肌身離さずに持ち歩くようにしている。

未練はあるにはある。だが、同時に決して手が届かない存在だと理解もしている。

だから今日は、あのお嬢さんへの想いを断ち切る意味も含めて色街へと向かうのである。

徐々に目的地に近づいてきているからだろうか、ちらほらと露出の多い服を纏った女性が目に付くようになった。裸のほうがむしろ健全なのでは、と思えるほどのきわどい格好をした者もいる。中には俺の目の前で男性と話をした後、彼の腕を組んでどこかに消えていった者もいる。これからどこかの宿でしっぽりとしけ込むのだろうか。

『んで、お目当てのおねーさんとかいるのかい？　あそこにいる女、良い尻してるぞ』

「残念。俺は尻よりも胸派だ」

『胸なぁ。あれはいいもんだ。大きければ大きいほど男の浪漫がつまってる』

「尻には？」

『尻には男の夢がつまってんだよ』

なかなかに上手い表現をするねこの槍。その意見には俺もまったくもって同意だ。比率がおっぱいに傾いているだけで、おっぱいも尻も大好きです。

「ま、それはともかく。これでも田舎もんでさ。娼婦の善し悪しとか分かんねぇのよ。だから、そこら辺を斡旋してくれる『娼婦宿』とかに行くつもりだ」

娼婦宿――名のとおり、娼婦といちゃこらするための宿だ。また、娼婦の斡旋も行っており、こちらの要望と金額を照らし合わせて最適な女性を紹介してくれるサービス付き。

『無難だな。あの手の店は高い分、その辺りの管理が徹底されてるからな。下手な女を引いて大損するよりゃ遙かにマシだわな』

「……なんで槍のくせに、そんなこと知ってんの？」

『俺の昔の持ち主も色街を利用してたってことさ。道端の安い娼婦を買ったら、病気をうつされて酷い目に遭ったりしてたがな』

病気と聞いて俺は少し顔が引きつった。どうやら、俺の考えは間違っていなかったようだ。

『ちなみに、予算はどのくらいあるんだ？　一口に娼婦つってもぴんきりだ。最高級になるとべらぼうな額になってくるぞ』

「その辺りもすでに調査済み（リサーチ）だ。紹介してもらった娼婦宿の中じゃ、それなりに良い感じのが買えるはず」

娼婦宿のことと今向かっているそれを紹介してくれたのも、王都に来る最中に一緒だった教会騎士の一人だ。

どうしてあんな不良騎士が勇者のお迎えに同道できたかが不思議で仕方がなかったが、おそらく何かしらの理由があるんだろう。

そうこうとグラムと話している内に、色街の入り口に到着した。一歩足を踏み入れた途端、表現しがたい強い匂いが鼻に触れた。

『人の欲が混ざり合ったような匂いだな』

「……お前、鼻ないだろ」

『これでも人間に近い感覚は一通り揃ってんだわ。唯一、味覚だけねぇがな』

「…………それ、意味あるのか？」

『感覚の意味を問い質したら、なんで俺が喋れるかって根本的な話になっちまうぞ』

「それもそうだな」

話を切って、俺は色街の奥へと歩を進めた。

――やがて、目的の店にまで到着した。

一見すればただの宿にも見えたが、店の名前も教わったとおりのものであり、まず間違いないだろう。

「……さすがに緊張するな」

望んでいたこととはいえ、店を目の前にすると二の足を踏んでしまう。この時点ですでに心臓の鼓動が逸っていた。

『男は度胸だ！　いったれ相棒！　踏み出せば桃源郷が待ってるぞ‼』

足踏みをしている俺に、グラムが威勢良く発破を掛けた。

背中を後押しする言葉なのだが――。

「――本音は？」

『相棒がよろしくやってる最中に綺麗なねーちゃんの乳や尻を拝みてぇ‼　……あ、やっべ。これ言っちゃ駄目なやつだ』

グラムが割とお調子者であるのは、この短期間で理解できた。それを踏まえて聞いたのだが、返ってきたのは案の定の答えだった。

「……お前、部屋の外で待機な」

『調子に乗りすぎましたごめんなさい。貝のように口（？）閉じてますんでせめて部屋の片隅に置いててください』

「ったく……」

溜息こそ出たが、今のやり取りで多少なりとも緊張感は抜けた。俺は意を決して踏み込んだ。

戸を開いて入った途端、素っ裸同然の超薄着をした女性が廊下を歩いていた。意を決したはずなのに、またも心臓が跳ね上がった。

『おいおい、驚きすぎだろ。娼婦宿なんだからナニしている最中の娼婦（ねーちゃん）がいても不思議じゃねぇだろ』

「初心者の俺には刺激が強すぎるわっ」

小声でグラムに言い返すと、俺に気が付いた女性がこちらに向けて笑みを向け宿の奥へと消えていった。

『ほれ、受付はすぐそこだ』

「わ、分かってるよ」

唾を飲み込み、俺は宿の入り口側にある受付へと近づいた。

「当宿へのご来店、まことにありがとうございます。本日はどのようなご用件で？」

受付をしているのは先の薄着ほどではないが、躯のラインが綺麗に出る格好をした女性だった。柔和な笑みを浮かべてこちらに聞いてくる。

俺は一度深呼吸をして、言った。

「漢(おとこ)になりに来ました」

「――？」

首を傾げられた。

しまった、ちょっと気が逸りすぎた。

『ぎゃっはっはっは！　いきなりぶっ込んだな相棒！』

「ううぅ……」

いざ言葉にするとなると、羞恥心が半端ではない。頭に血が上り、上手く言葉が出てこない。落ち着け俺、こんなところで恥ずかしがっていては、そこから先のナニやコレなど到底耐えきれない。

改めて腹に力を込め、この宿に来た目的を受付に伝えようとしたときだ。

こつこつ階段を踏む足音が聞こえてくる。

受付はいったん俺から視線を外すと、二階から降りてくる人物に顔を向けた。

「あ、キュネイ様！　お疲れ様です！」

受付が頭を下げたのは、まさに美女としか言いようがないほどの女性だった。扇情的な衣を身に纏った躯は、男であれば無条件に魅了されるだろう。特に今にも服の端から溢れ出しそうな豊満な胸に俺の目が釘付けになった。

12 最高級のようですが

　魅惑の女性は一階に降りると、俺の隣まで来て受付に言う。

「部屋の後始末をお願いできるかしら。私のお客さんも部屋で寝ちゃってるから、その相手も含めて」

「はい。いつもご贔屓いただき、誠にありがとうございます」

「いつもどおり、宿賃は二階でまだイビキを掻いてる人に付けておいてね。何かあったら連絡ちょうだい」

「畏まりました」

　恭しくお辞儀をする受付に「じゃあね」と別れを告げて、その場を後にする。ただその直前に俺のほうへと目を向けると柔らかな笑みを向けた。

　……その後ろ姿を呆然と見送っていると「お客様？」と受付から声を掛けられて我に返った。どうやらちょっと意識が彼方に飛んでいたらしい。

「ちょ、ちょっと聞いて良いか！」

「――っ、何でしょうか」

　思わず身を乗り出し声を大きくした俺に、受付は若干たじろぎつつも頷いた。

「今出て行ったあの人！　あの人もここの従業員なのか⁉」

「いえ。あの方は男性のお相手をする際に当店をご贔屓頂いているだけで、当店に所属している娼婦とは別でございます」

つまり、どこかしらに所属していないフリーの娼婦か。

だが、その辺りはもはやどうでも良い。

「あ、お客様。もしあの方に相手をお願いするつもりならやめておいた方が――」

俺は受付の言葉を最後まで聞くことなく、気が付けば娼婦宿を飛びだしていた。

『お、おい相棒。どうした⁉』

グラムの叫びも無視し、俺は必死になって走った。

時間はさほど経っていない。急げば追いつけるはずだ。

そして――求めた後ろ姿を視界に捉えた。

「ちょっと、そこの綺麗なおねーさん！」

俺の発した声が届いたのか、『彼女』は足を止めた。振り向いた彼女は「あら」と口に手を当てた。

彼女の側まで駆け寄ると、俺は膝に手を突いて息を乱す。距離的には長くなかったが、何しろ全力で走っていたので息が乱れていた。

「えっと、君は宿の受付にいた子……よね。その様子だと、私に用があるみたいだけど……何かしら？」

胸に手を当てて呼吸を整え、多少の落ち着きを取り戻してから顔を上げた。

近くで見ると、やはりとんでもない美人だ。あの〝お嬢さん〟が可憐な美少女であるなら、この人は妖艶な美女。男を虜にするために存在するような女性だ。

俺は決めた。

姿勢を正して、はっきりと声に出した。

「お姉さん、俺の初めての相手になってください！」

彼女は最初、ポカンと口を開いたまま固まった。

『相棒はテンションが振り切れると、一周回って逆に恐ろしいほどに肝が据わるみたいだな』

グラムの呟きが耳の左から右へと素通りしていった。

お姉さんはしばらくするとハッと我に返り、微笑を浮かべた。

「……それは、私を娼婦として買いたいってことかしら？」

「はい！　どうせ男になるならお姉さんみたいな極上の美人さんが良い‼」

「ふふふ、褒めてくれてありがとう」

お姉さんは愉快げに笑った。

「最近は妙に気取った男ばかりを相手にしていたから、君みたいな素直な子は新鮮で良いわ。そういった人に抱かれるのもまた一興かしら」

お、もしやコレは好感触なのでは？

娼婦とはいえ初対面の相手にいきなりすぎたと思わなくもないが、もしかしたら行けるんじゃね？

「でも、私も私なりに娼婦仕事(このしごと)にプライドを持ってるわ。相手が誰であれタダで抱かれてあげるわけにはいかないの」

「……そりゃぁもちろんそう……っすよね」

淡い希望を抱いていると、お姉さんは少し真面目な顔になって毅然と言い放った。熱で呆けていた頭が少しだけ冷やされ、俺はおずおずと頷いた。

「言っておくけど……私は高いわよ？」

「ぐ、具体的にはどのくらい？」

——お姉さんが告げた金額は、俺の予算の遥か上であった。生活費諸々を全部つぎ込んでもまったく足りない。ぼったくりじゃねぇのかとお姉さんの顔を見たが、返ってきたのは真剣な眼差し。どうやら本当(マジ)らしい。

「そ、そげな馬鹿な……」

『おい、ショックすぎて謎の方言が出てるぞ』

あまりの高額にガックリとその場で崩れ落ちる俺に、グラムが冷静にツッコミを入れた。

『しっかし、この額は相当だねぇ。つまり、このボインなねーちゃんは娼婦の中でも最高級に位置する極上の女だ。相棒、お前さんの目に狂いはなかったようだ。残念ながら到底手は届きそうにないがな！』

グラムは俺の崩れ落ち様が可笑しかったのか、その声には笑いが含まれていた。溶鉱炉にぶち込んでやろうかしら。

「ごめんなさいね。今言ったように、タダで抱かれたら、コレまで私にお金を掛けてきた客に申し訳が立たないの」

彼女は苦笑気味に言って、俺に背を向けた。

「君みたいに自分に正直な子、私は嫌いじゃないけどね」

足音が遠ざかっていく。俺はそれを頭を垂れたまま止められずにいた。と、頭を下げた拍子に胸元から紐にぶら下げた指輪が零れる。

紐に吊されて揺れる指輪を見て、俺はふと思った。

――そうだ、今度は手が届かないわけじゃないんだ。

「やってやろうじゃねぇか」

俺は勢いよく立ち上がると、立ち去ろうとするお姉さんに向けて叫んだ。

「お姉さん！　一つ聞きたい！」

「何かしら？」

振り向いた彼女に俺は言った。

「ちゃんと金を用意したら、あんたを買えるんだろうな！」

「……ええ。先ほど提示した金額を全額揃えることができたのなら、喜んであなたに買われてあげるわ」

「よっしゃぁ！　その言葉、忘れるなよ‼」

〝前の時〟は、身分の差が目の前に立ちふさがった。一介の村人である俺にはどうしようも出来ない問題。

だが、今回の問題は金額だ。確かに今の手元に彼女を買うための資金はない。だが、金がないなら稼げば良いだけの話。

だったら、稼いでやろうじゃないか！

「ふふふ、妙に丁寧な口調じゃなくて今の方がよっぽど良いわよ、君」

「絶対にあんたの事は買わせて貰うからな。そのつもりでいてくれ」

「ええ、待ってるわ」

そこで、俺は聞き忘れていたことがあった。

「あんたの名前を教えてくれ。また会うとしても名前も分からなきゃ探すのが大変だからな」

「だったら、まず最初に自分から名乗るのが礼儀じゃゃなくて」

「おっと、こいつは失礼した」

今日は熱くなったり冷静になったりと、感情の上げ下げが激しいな。

俺は咳払いを一度してから名乗った。

「俺はユキナだ。よろしく」

「そう、ユキナ君ね」

お姉さんは少し居住まいを正し、俺を真っ直ぐに見据えた。

「私の名前はキュネイ。君に買われる日を心待ちにしているわ」

――こうして俺は、キュネイという最高級娼婦を買うために、行動を開始するのであった。

13 傭兵になるようですが

キュネイと別れ、俺は安宿へと戻る。今日はもう時間も遅いので、本格的に動き出すのは明日からだ。

「それで相棒。金を稼ぐあてはあるのか？」

日も落ち、路地を照らすのは星明かりだけ。周囲に人気もないので、グラムは声を発して俺に語りかけてきた。

「俺が言わなくても分かってるたぁ思うが、あのおっぱい（キュネイ）ちゃんが掲示した金額はべらぼうに高いぞ」

おっぱいちゃんっておい。確かに大きいけどさ。たゆんたゆんだったけどさ。もうちょっと言い方あるだろ。おっぱい大きかったけど（大事なので二回言いました）。

「俺だって理解してる。普通に農業してたら、稼ぐのにそれこそ年単位の時間が掛かる」

現在手元にある金だって、今までこつこつと貯金してきた分なのだ。本気で節約して稼ぐことに全力を注いでも、今言ったとおりの時間が必要になってくる。

「けど、手がないわけじゃない。幸いにも手段はこの前格安で手に入ったしな」

「そいつぁ俺のことかい？」

「ああ。予定変更だ、グラム。悪いがお前を存分に使わせてもらうことになりそうだ」

「はっはっは！　俺に遠慮する必要はないぜ相棒！」

　グラムは痛快に笑い飛ばした。

「俺ぁ武器だ。相棒（つかいて）に振るわれるのが本懐。しかもそれが女を買う為ってのが堪らねぇ！　武器冥利に尽きるってもんだ‼」

　一頻（ひとしきり）に笑ったグラムが続ける。

「で、改めて聞くがどうやって金を稼ぐんだ？」

「決まってるだろ」

　一介の村人が実際に武器を使って金を稼ぐ方法など、一つしかない。

「傭兵稼業だよ」

　――傭兵とは、金次第でどんな仕事でも請け負う職業者だ。

　もともとは金銭で雇われ、人間同士の戦いに駆り出される者たちの事を指していた。

　それがいつの頃か、戦う相手が厄獣（モンスター）となり、その内に駆除した厄獣（モンスター）の死骸からとれる物資の採取を行うようになり、果てには戦闘に限らず何かしらの厄介事を代行して報酬を得るなんでも屋へと変じていった。

　現在、人間を相手にするような仕事はあくまで傭兵の仕事の一つに過ぎなくなっていた。

　本来の傭兵からずれてしまった今でも『傭兵』の名が使用されているのは、過去に傭兵に仕事を斡旋していた互助会のようなものが、そのまま現在の傭兵を管理する組織に転じたからだ。

「下手に名前を変えるよりもそのままのほうが運用がしやすい、というのが理由らしいぜ」

「へぇぇ、そんな理由だったんだ。知らなかったわ」

「……なんで武器である俺より人間である相棒のほうが知らないんだよ。こいつぁ、傭兵にとって基礎中の基礎みたいな知識だぞ」

「俺の本職は傭兵じゃなくて農業だったからなぁ。傭兵稼業はあくまで小遣い稼ぎみたいなもんだったしな」

「そもそもなんで傭兵って名前なんだ?」という俺の率直な疑問に、グラムが懇切丁寧に解説してくれた。ほんと何なんだろうね、この槍。

俺は今、王都の近くにある林に赴いている。

――つい二時間ほど前に、俺は傭兵に仕事を斡旋する『傭兵組合』の建物に行ってきた。

もちろん、傭兵としての登録をするためだ。

登録そのものは簡単だ。料金を払って傭兵免許を発行して貰えば良い。特にこれと言った試験はない。

傭兵になることは簡単でも、そこから上へと上り詰めるのは並大抵ではない。

傭兵は下は五級から上は一級。さらにはその上にある特級を含む計六階級で区分されている。

もちろん数字が少なくなればなるほど有能な傭兵であることの証明だ。

現在の俺は登録したばかりなので一番下の五級。これより上の階級に行くには依頼を数多くこなし、実績を積まなければならない。

もっとも、俺が欲しいのは傭兵としての地位ではなく、キュネイを買うための資金だ。手早く金を稼ぐのに傭兵以上に適した仕事はない。

「傭兵組合に登録すれば、組合から厄獣（モンスター）の駆除依頼から死骸の買い取りもしてくれるからな。一粒で二度美味しい仕事だ」

「そう上手くいくかねぇ」

グラムの訝しげな声は、実は俺の本音でもあった。

傭兵は当たれば相当な稼ぎを得られる職ではあったが、それと同時に大きな危険を孕む仕事でも有名だ。

なんでも屋とは言うが、その仕事の大半は厄獣（モンスター）の駆除討伐。討伐対象であった厄獣（モンスター）に返り討ちに遭い、命を失う者が後を絶たない。下手をすれば俺もそのうちの一人になりかねない。

なので――。

「大物は狙わず、ひたすら小物を狩りまくる！」

拳をぐっと握り、宣言する俺。

「せこいな相棒」

「やかましい。女に抱かれる前に死神に抱かれたら笑い話にもならねぇよ」

おそらく、グラムに目があったらジト目を向けてきたことだろう。俺も俺自身を傍目から見ていたら同じような目をしていたに違いない。だからといってこの方針を曲げるつもりはない。上昇志向があるのなら大物を狙って行けば良いのだろうが、現時点で俺は別に傭兵で食っていくつもりはない。キュネイを買えるだけの資金を得るのが第一目標であり、それが完遂できれば後はレリクスが魔王討伐の旅に出るまでのんびりと王都で暮らすだけだ。

前置きはこのくらいにしておいて、そろそろ本腰を入れて厄獣（モンスター）の討伐を行おうか。

「お、さっそくお出ましか」

森に入ってから少しして、すぐにお目当ての厄獣（モンスター）を発見した。

一見すれば、何の変哲もないネズミ。

だが、通常のネズミよりも遥かにデカい。中型犬に匹敵するほどの大きさだ。

こいつは俺にとって馴染みのある厄獣（モンスター）。

その名も『ビッグラット』。見た目通りの名前である。

俺が受けた依頼というのはまさにコレ。ビッグラットの駆除だ。

ビッグラットはよく畑に出没しては農作物を食い荒らし、凶暴な個体になると鶏などの小さな家畜にも襲いかかる。とにかく、何でも食い荒らす超雑食性でよく知られている。まさに農家の天敵とも呼べる厄獣（モンスター）だ。

ただ、ビッグラットは百害はあるが利がないわけでない。

通常のネズミと違い、ビッグラットの肉は結構美味い。最高級の肉ほどではないにしろ、通常の家畜よりかは美味い。

こいつが出没すると、農作物が駄目になる代わりに、しばらく食卓に肉が並ぶという事態が発生するという不思議な現象が起こる。ただ、量的に言えば被害の方が圧倒的に多いのでやはり迅速な駆除が求められる。

形がそのままネズミということでその肉を敬遠する者は結構いるが、こいつの駆除を日常的に行っている者にとってはなじみ深い肉素材なのだ。

14 指導されるようですが

食卓のお肉枠ビッグラット三匹が食事中だ。目の前に夢中で、まだこちらには気が付いていない。

奇襲を仕掛けるにはもってこいの状況だ。

槍を背中の鞘から外し、両手で握りしめる。ここに来るまでの間に軽くならしは済ませているが、実戦で使うのはコレが初めてだ。

「新しい相棒に使われる最初の相手が、ネズ公だと思うと俺ちゃんちょっと切ないぜ」

嘆くグラムを完全に無視し、俺は勢いよく駆けだした。

俺の足音に気が付き、ビッグラットの一匹がこちらを振り向いた。それにつられて残り二匹のビッグラットも反応する。

「おらぁっ！」

ビッグラットの一匹に向けて槍を振るった。

斬っ、と穂先が顔を上げた巨大ネズミのちょうど首筋辺りを掠め、鮮血が舞う。そいつは地面に赤い染みを作りながら倒れて動かなくなった。

仲間（?）の一匹を倒され、ようやく俺を敵と認識したのか。ビッグラットたちの目つきが変わる。

ただ、迎撃の暇を与えはしない。そのまま続けて槍を突き出しビッグラットが動き出す前に穂先を食い込ませた。

耳障りな獣の悲鳴が鼓膜を揺さぶるが、歯牙にも掛けずにそのまま槍を横に振るい、ビッグラットの体内を破壊しながら、その躯を半ば以上切り裂く。

大した抵抗もなく、穂先がビッグラットの躯を断ち切ったことに舌を巻く。予想を超える切れ味の良さだ。あの爺さん、よくこんな槍をあんな安値で売ったな。

驚きつつも集中力は切らしていない。残り一匹となったビッグラットがこちらに向けて飛びかかってきた。

ビッグラットは厄獣（モンスター）の中でも雑魚扱いされているが、それでもネズミと同様に発達した鋭い齧歯は人間の躯を容易に噛み千切る。

けど、これでもビッグラットは何度も駆除してきたのだ。今さらビビる相手でもない。

「ふんぬっ！」

槍をスイングして先端近くの柄がビッグラットの胴体横に命中。ボキリと骨をへし折る感触が柄伝いに俺の手に感じられた。ビッグラットは真横からの衝撃に吹き飛ばされ、近くの木に叩き付けられた。

この時点ですでにビッグラットは瀕死になっていた。経験からして内臓に折れた骨が突き刺さっているのだろう。地面に倒れたまま小刻みに痙攣するだけだ。俺は首筋に槍を突き立て、トドメを刺した。

いくら人に害を与える厄獣（モンスター）とは言え、生命をこの手で断ち切ることへの忌避感はわずかにある。しかし、村では仕事の一環として何度も繰り返してきたことだ。我慢できる程度の範囲だった。

「……とりあえず三匹だな」

穂先に付着したビッグラットの血を振り払い、背中の鞘に収める。

その後、すぐに解体に移る。

獲物解体用のナイフを使い、ビッグラットの死骸から必要な部位——売買可能な部分を切り取っていく。

ナイフは森に来る前に武器屋で購入した物だ。本当ならグラムを売ってくれた武器屋で仕入れようとしたのだが、あいにくと閉まっていたので別の店で手に入れた。安物だとすぐに刃が駄目になってしまうので、そこそこに良い物を選んだ。痛い出費であったが、先行投資と思って割り切る。

村にある俺の家に戻れば同程度の切れ味を持ったナイフがあるが、まさか王都に来てまでビッグラットを狩るとは思わずに置いてきてしまった。今更ながら少しだけ悔やまれた。

「手慣れたもんだな」

グラムが感心したように言う。

「毎日でないにしろ、割と頻繁に狩ってたからな。ビッグラットが相手なら俺は一流傭兵(プロ)にも負けない自信がある」

「それはあまり自慢にはならねぇだろ」

槍と軽口をたたき合う珍妙な光景を描きながら、ビッグラットの解体が終了する。有効利用できる部位は持参した袋に詰め込み、残りは地面に穴を掘って埋めておく。

それとはまた別に、ビッグラットの尻尾を他の袋に纏めておく。厄獣(モンスター)を倒した証拠として傭兵組合に提出するのだ。

「さ、ガンガン行くぞ。目指せ十四匹だ」

今回引き受けた駆除依頼において、討伐数は指定されていない。ビッグラットは繁殖力が強く、放っておけばすぐに増えてしまう。なので、上限を設けずに狩った数に応じて報酬が得られる形になっているのだ。

「金を稼ぐだけならビッグラット狩りで十分だ」

傭兵の階級は、こなした依頼の質と数によって決定される。当然、難易度の高い依頼をこなせばそれだけ高い実績を積むことができ、昇級も早くなる。

ビッグラットの駆除によって得られる傭兵としての〝実績〟は最低ランク。いくら狩ったとしても二束三文にしかならない。ただ、傭兵の最低階級である五級が受けられること、ビッグラットの弱さを考えると現時点の俺では一番多く稼げるのだ。

「何だかんだで現実的だな、相棒」

「夢だけ追ってても夢は叶えられないのよ。情けない話だけどな」

「俺ぁそういう地道な努力ってぇの、嫌いじゃないがな」

「そうかい。そりゃありがとよ」

できることからこつこつと。それが一番大事だ。

荷物を背負いなおし、再びビッグラットを探す。

その最中にグラムが言った。

「しかし相棒、さっきの狩りを見ててふと気になってたんだがよ」

「なにさ」

「お前さん、槍使うの下手くそだなぁ」

——グラムの直球すぎる苦言に、さすがに俺もちょっと傷ついたね。槍からの言葉が胸に突き刺さったよ。槍だけに。

「まさに素人オブザ素人。キングオブ素人と呼んでも差し支えないほどてんでなっちゃいなかったな」

「へし折るぞ、この野郎」

「相棒の腕力じゃ無理だろうな」

さらっと俺の言葉を受け流したグラムが続ける。

「別に相棒を悪し様に言ってたわけじゃねぇよ。おそらく相棒はコレまで独学で槍を使ってきたんだろ？　しかも本業は農民で槍は片手間とくる。それであれだけできてたら上等だろ」

「村で剣を教えてくれる奴はいても、槍を扱ってる奴は俺以外にいなかったからな。……ほとんど独学でも、村で一番強くなってた奴もいるけど」

　レリクスの奴、剣の握りを教わった程度で、後はほとんど誰にも教わっていないはず。なのに少しすれば村で一番の腕達者になっていた。しかも、今では世界を救う（予定の）勇者様だ。

「その辺りはあんまり気にするな。俺が言いてぇのは、相棒も多少の手解きさえあればなかなか良いところまでは行けると思うぜ。見た限りではな」

「手解きっても、誰が教えてくれるんだよ」

　村でもそうだったが、槍というのはこの国では不人気の武器だ。傭兵組合に行った時、建物の中にいた傭兵のほとんどは剣を帯びていた。それ以外の得物を持っていたのは全体の一割にも満たなかった。その一割の中に入り込む俺も、傭兵の登録手続きで待っている間は奇異の目で見られていた。

　だいたい、伝手も後ろ盾もなにもない田舎出身の駆け出し傭兵を誰が鍛えてくれるのだろうか。精々使いっ走り扱いされて体の良い便利屋にされるのが落ちだ。

「相棒の懸念も分かってるつもりだ。そこで耳寄り情報がある。今なら無料で槍術の手解きをしてくれる奴を紹介してやれるぜい」

「……お前、この前まで武器屋の片隅で埃被ってただろ」

「残念、武器屋の髭もじゃジジイに定期的に磨かれてたわ」

そんな予備情報はいらねぇよ。

なんだか茶番に付き合っている気分だ。溜息が出てきた。

「んで、正解は？」

「じゃじゃん！　なんと、俺ちゃんです！」

…………………………。

――ザッ。

「まてまてまてっ、無言で投射の態勢に入らないでくれ！」

「ちっ」

森の彼方へぶん投げてやろうと思ったが、グラムの必死な声に思い止まる。

「……次阿呆なこと抜かしたら、躊躇なくぶん投げるからな」

「ちょっとはっちゃけたのは俺が悪かった！　……でも、あながち冗談ってわけじゃぁないんだな」

「あん？」

まじまじと槍を――グラムを見た。

俺が興味を持ったと判断したのか、グラムは少し愉快げに言う。

「自慢じゃぁないが、コレまで俺を使ってきた奴らの中には、かなりの腕達者もいたわけさ。んで、俺の記憶にはそいつらの動きが蓄積されてるって寸法だ」

「つまり？」

「俺の記憶の中から、相棒の体格や素質に最も適した奴の動きを教えてやる。そうすりゃぁ、相棒の技量も過去の腕達者に近づけるってわけだ」

グラムに躯があったら、ででんっと自慢げに胸を張っていそうな口調だった。

俺は眉をひそめた。

「本当に教えられるのか？　腕達者たちに使われてたって言うが……結局お前はそれを見てただけなんだろ？」

「ま、相棒が疑うのも無理はねぇな。けど、騙されたと思ってしばらくは俺に付き合ってみてくれ。そうすりゃ理解してもらえるだろうよ」

――槍に戦い方を教わる村人。

字面だけ見ると〝珍妙ここに極まれり〟だな。

喋る槍も十分すぎるほど珍妙だが――。

「……どうせしばらくの間はビッグラットを狩りまくるんだ。お前の酔狂な申し出に付き合ってみるよ」

「酔狂とは人聞きの悪い。それに、俺が直に手解きしてやるんだから、ビッグラットなんて雑魚中の雑魚よりもよっぽど稼ぎの良い奴を相手にできるようにしてやる」

――こうして槍と人間の珍妙極まりない師弟関係が出来上がったのである。

side braver 3

王都を出発してから二日が経過した。

僕らは無事に、聖剣が保管されている神殿へと辿り着いた。

神殿を前にして、僕は緊張に息を呑んだ。

勇者は必ずこの神殿で聖剣を手にし、魔王を討ち果たし指名を終えると再び、この場所に聖剣を返還し次代の勇者へと受け継いでいく。

その古から連綿と続いてきた行いに、新たな勇者である僕が加わる番だ。

道中は同行していた国の兵たちが護衛をしてくれており、厄獣（モンスター）が出現した際にも迅速に処理していた。

けれども、神殿の中へは僕と王族の人だけしか入れない決まりになっている。

つまり、ここからは二人だけだ。

「勇者様、どうなさいましたか？」

「あ、いえ……ちょっと緊張しているだけです」

門の前で立ちすくむ僕に声を掛けたのは、神殿へ足を踏み入れるもう一人——王女様だ。

王都を——王城を出るときに初めて顔を合わせたのだが、噂通り女神と見紛うほど綺麗な少女だった。女性に優劣を付けるのはあまり良くないと思いつつ、彼女ほど美しい女性を僕は見たことがなかった。

簡単な自己紹介を終えた後、早速馬車に乗り込んで出発した。

彼女は胸元に手を添えながら物憂げな表情でよく窓の外を眺めていた。その神秘的な横顔を馬車の狭い空間で見続けて、僕の胸の鼓動は高まりを見せる。

けど、今僕の隣にいる彼女はそのときの愁いを帯びた顔ではなく、凛とした表情をしていた。

王女の手には、身の丈に迫る長さの杖。先端には拳ほどの大きさをした宝石が埋め込まれている。

単なる飾りではなく、彼女が戦うための武器であった。

「……どうしても付いてくるんですか、アイナ様」

「神殿の内部には王族の血を引く者でなければ解けない仕組みがいくつもあります。勇者様にもそれは事前に説明したはずです」

王女――アイナ様は毅然と答えた。そこに不安が入り込む余地はなく、力強い言葉が返ってきた。

ただ、僕はそれでも重ねていった。

「で、ですけど……やっぱり女の子を連れて行くというのはちょっと……」

「私に限らず、国王(ちちうえ)は我ら兄妹たちに学問だけではなく武芸も学ばせてきました。決して、足手まといにはなりません」

虚勢を張っている、といった様子はなく淡々と事実を述べているような口調。逆に僕がたじろいでしまう。

「じゃ、じゃあなるべく僕の前に出ないでください。女の人が傷つくのはあまり見たくありませんから」

「心配には及びません。自分の身は自分で守れます。勇者様はまず己の目の前にあることに集中していただければ結構です」

アイナ様と会話をしていると、なんだか不思議な気分になってくる。

僕がコレまで接してきた女性は、どうしてか僕が話すとみんな口籠もったり、急に顔を赤くしてしまったり俯いてしまう人もいた。会話も途中で途切れ途切れになってしまう事も多かった。

だから、アイナ様の反応は僕の中ではとても新鮮だった。

「勇者様こそ準備はよろしいのですか？　神殿の内部には厄獣（モンスター）が徘徊しています」

「事前に話を聞いてます。この神殿を作った大昔の人が、勇者の素質を確認するために用意した『敵』だと」

僕は腰に収まった剣の柄頭に手を置いた。王様から支給された品で、僕が村で使っていた剣よりも遥かに上等なものだ。他にも、躯の各部を保護する胸当てや籠手（こて）も与えられた。

それに、神殿に出てくる『敵』はさほど強くないらしい。侵入者を排除するのではなく、あくまで勇者としての素質を見極めるだけの存在なのだそうだ。

不安は間違いなくある。けれども、コレは僕が真の勇者となるために必要な第一歩なのだ。足踏みをしている暇はない。

「……大丈夫です。行きましょう、アイナ様」

「分かりました。では、勇者様。右手を前に」

勇者としての使命感を胸に、僕はアイナ様に言われるままに右手を前に出した。すると手の甲に刻まれた聖痕が光と共に熱を帯びた。痣の光に呼応するように、神殿の扉に刻まれていた文様も輝き始め、やがてゆっくりと扉が両側へと開かれた。

この神殿へ足を踏み入れられるのは勇者と王族だけではあったが、正確には勇者しか神殿の扉を開くことができない。つまり、この神殿が開放されるのは魔王の復活が近づき勇者が聖剣を得て、そして返還するときのみ。

だというのに、遙か昔に建造された神殿の内部は清潔感が保たれていた。

「この神殿が建造された時代は、現在よりも高度に文明が発達していたと記録には残されています。それが具体的にどのような技術であったかは不明ですが、おそらくその技術のおかげでしょう」

物珍しそうにきょろきょろと内部を見渡していたからだろう。神殿の通路を進んでいると、アイナ様が解説してくれた。

「あまり集中力を散漫させないでください。すでに勇者様の試練は始まっているのですから」

「すいません。あまりにも不思議な場所でしたから」

アイナ様に咎められて、僕は苦笑しながら謝る。

そのとき、とうとう敵——厄獣（モンスター）が現れた。

一言で表せば、中身のない全身鎧。鎧の各部を見えない糸で繋いでいるようで、まるで鎧が人の形をして宙に浮いているかのようだ。それが三体、剣や槍といった武器を携えて現れた。

コレまで故郷の村で厄獣（モンスター）の駆除は行ってきたが、今まで見てきたどの厄獣（モンスター）にも当てはまらない外見だった。

咄嗟に剣を抜こうにも躯が言うことを聞かなかった。

「動く鎧（リビングアーマー）。打ち捨てられた城や砦に出現する厄獣（モンスター）です」

謎の鎧の出現で驚き硬直する僕をよそに、アイナ様はどこまでも冷静だった。手元の杖を構えると、その先端を謎の鎧——その一体に向けた。

「火炎（フレア）！」

杖の先端に埋め込まれた宝石が光り輝くと、そこから炎が放たれた。

僕はこの時初めて『魔法』と呼ばれる神秘の秘術を目の当たりにした。存在自体はよく知っていたが、実際にこの目で見るのはコレが初めてだった。

動く鎧（リビングアーマー）は手（正確には籠手）に握っていた剣を振るうひまもなく、アイナ様が放った炎に包まれる。炎が消えると残ったのは焼け焦げた鎧のみ。それも少しするとまるで糸が切れた操り人形のように倒れ、衝撃で鎧のパーツがばらばらになって動かなくなった。

「勇者様！　次が来ます！」

「――――ッ！」

アイナ様の叱咤にも近い声に、僕の躯が反応した。腰の鞘から剣を引き抜くと、残った二体の動く鎧（リビングアーマー）へと駆けだした。

最初こそ奇妙な姿に驚きを隠せなかったが、冷静に対処すれば動く鎧（リビングアーマー）は強い敵ではなかった。さほど早くもなく武器を振るう姿もたどたどしい。

もしかしたら、肉体を持っていないから躯や武器を支える力が不足していたのかも知れない。

程なくして残りの二体を倒すことができた。鎧の部分を切ることはできなくとも、関節部分に衝撃を与えるとその部分が動かなくなったり本体から分離する。

そして、人間で言う心臓部や頭部へ攻撃を加えると動きを止め、ばらばらになりながら床へと崩れ落ちていった。

「お疲れ様です、勇者様」

「……あ、ありがとうございます」

動物の形をした厄獣（モンスター）はコレまで何度も駆除してきたが、人の形（一応）をした厄獣（モンスター）を相手にしたのはコレが初めてだ。弱かったとはいえ、倒した後の今でも胸の動機が逸っていた。

それに対して、アイナ様は落ち着いた様子で動かぬ鎧となったそれらを見据えていた。

「……アイナ様、ずいぶんと冷静ですね」

「神殿に入る前に説明したはずです。父上から幼い頃より訓練を課せられていたと。その中には、実際に厄獣（モンスター）の相手をさせられる機会も多くありましたから」

──勇者の僕よりも戦い慣れている王女様とはこれいかに。

若干気落ちしている僕にアイナ様がさらに重ねる。

「動く鎧（リビングアーマー）は通常はその近辺で死んだ者の怨念が取り付き、鎧を突き動かしているのですが、……おそらくはこの神殿が何かしらの力で動かしているのでしょう。動く鎧（リビングアーマー）を筆頭にした、悪霊の類いに通ずる禍々しい魔力は感じられませんでしたから」

「つまり、神殿を作った人たちが用意した敵ってことだね」

「この先、似たような厄獣（モンスター）が次々と出現するはずです。ここからが本番。勇者様、気を強く持ってください」

「わ、分かりました」

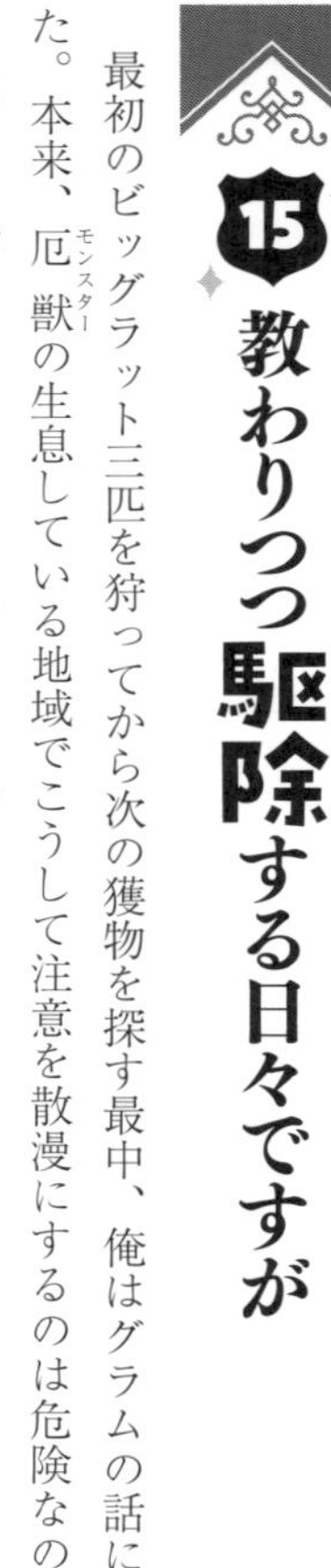

15 教わりつつ駆除する日々ですが

最初のビッグラット三匹を狩ってから次の獲物を探す最中、俺はグラムの話に耳を傾けていた。本来、厄獣(モンスター)の生息している地域でこうして注意を散漫にするのは危険なのだが、その辺りはグラムがフォローしてくれるという。

「まずは『槍』ってぇ武器がどんな代物なのかを理解しておこうか」

「なんか意外だな。なんか凄ぇ技を教わるのかと思ってたけど」

「技ってぇのは土台(きほん)ができて初めて効果を発揮するんだよ。見てくれだけ真似てもそこに確かな〝芯〟がなけりゃタダの張りぼてだ。覚えておきな」

コレまでちゃらんぽらんだったグラムが、真面目モードだ。そのギャップに、俺は素直に話を聞く。

「槍の最大の利点はその長さ。相手の間合いの外から攻撃できるのが強さだ」

間合いの外――つまり相手の攻撃が届かない位置からこちらは攻撃できる。その辺りが、俺が槍を最初に選んだ理由だ。後はなんだか剣よりもこちらの方が使えるような気がしたからだが。

「けど、槍の強みは長いだけじゃねぇ。使い方を考えればいろんな距離で戦える万能武器になるんだ」

「ん？　どういうことだ？」

「言葉で説明するよりも実際に手に持ってもらえりゃぁ分かる。ちょっと立ち止まって俺を握りな」

俺はグラムに言われるままにその場に止まると、槍の柄を握りしめた。

「さっきの戦い方を見ると、相棒はよく穂先から三分の二の辺りを握ってるな。どうしてだ？」

「いや……特に考えてはねぇけど」

「だったら今度から少しだけ考えて使ってみな。その握りの位置は槍を使う場合で最もバランスが良い持ち方だ」

次に、グラムは俺に柄の真ん中を握るように指示した。

「まずはその状態から軽く槍を振るってみな」

指示に従って槍を振るうと、今までと少し違う感触がした。穂先を扱うのに今までより力が要らないのだ。

「実感したと思うが、その位置で握ると穂先の制御が非常に楽になる。ちょうど半分を使うから、反対側の石突きも攻撃に使いやすい」

槍を振り回しやすく、くるくると旋回できる。その過程で石突きも利用できるな。

「槍の握りの中じゃあ一番近接戦闘に適してる。ただし、当然ながら間合いは犠牲になるし穂先の旋回半径が少なくなるから遠心力が利かずに攻撃力も減る」

遠目からの一発よりも、近距離での手数が重視されるのか。

「じゃ、次は逆に石突き近くぎりぎりで握ってくれや。中心握りとはまったく逆の強みを持つ遠間の握りだ」

引き続きグラムの言うとおりに、槍の後端ぎりぎりを握った。今までの握り方の中で一番腕に重みが掛かる位置だな。

「槍の間合いを最大限に生かし、遠心力も加わって一番威力が出る。一方で穂先の制御が非常に難しくなり遠心力が増すから扱うための筋力も必要になってくる」

試しに振るってみると、穂先の速度は増すが槍の旋回に躯が振り回される。あと凄く疲れる。

一通りの握り方を教わると、俺は槍を背中に戻した。

「一口に握りっつってもいろいろあるんだな」

「槍は素人でも扱える一方で、熟練すれば中々に奥深い武器でもあるのさ」

感心すると同時に、そんなに槍を上手く扱えるのかちょっと自信がない。

「今教えた握りは無理に使い分ける必要はねぇよ。ただ、頭の片隅に留めておく程度でも結構変わってくるもんだ」

「そんなもんか？」

「そんなもんさ。慣れてくりゃぁ自然と使い分けができるようになってくるさ。その辺りは気長にいこうや」

グラムの指南はここでいったん終わり、俺は引き続きビッグラットを探し始める。

――この日はビッグラット合計十匹を仕留めて依頼は終了した。

翌日も、その翌日も。そのさらに翌日も俺はひたすらビッグラットを狩っていく。その間にもグラムが少しずつアドバイスをくれる。

あれやこれやと上から教えるのではなく、何というか今までまったく気にしてなかった部分を指摘される形だな。けど、そこを少し意識して動くと槍の〝キレ〟が増していくのは感じられた。

初日に教わった〝握り〟にしてもそうだ。今までは何気なく使っていた槍の握りだが、ふとした瞬間にグラムの言葉が凄く〝しっくり〟くる感覚が訪れる。そして、その感覚に従って槍を振るうと、それまであった動きの無駄がそぎ落とされ、洗練されていくのが分かった。

「だから言っただろう。相棒も筋はもともと悪くねぇんだよ。ちょっと指摘すりゃぁこの程度は当たり前にできるようにならぁ」

そんなグラムの言葉を受けながら、ビッグラットを手早く処理していく。

動きに無駄がなくなったためか、ビッグラット一匹当たりに掛ける労力が少なくなって体力の温存に繋がり、日に日にビッグラットを狩る量が増えていく。

体力的な問題で初日は十匹が限度であったが、一週間もそれが続くと今では三十匹近く狩れる日が出てきた。それだけの数の討伐と肉を運ぶのが一番疲れる。

だが、ここでちょっと気になる点があった。

「この森、ビッグラット多すぎだろ！」

傭兵としての活動を始めてから、すでにビッグラットを百匹近く狩っている。故郷の村では一週間で二十匹ほど狩れれば多い方だったのに、この数は明らかに異常だ。

良くもまぁこれだけビッグラットが繁殖するのを放置してきたな。俺は金が稼げて嬉しいが、近隣の農家にとっては大迷惑だっただろうに。

――このビッグラットの大繁殖が、実は恐ろしい事態を引き起こしていたのだが、それを知るのはもう少し後である。

俺が他の依頼に脇目も振らず、ひたすらビッグラットを狩っていくので他の傭兵から『鼠殺し（ラットキラー）』との素晴らしいあだ名が付けられた。上を目指す傭兵にとって、ビッグラットの駆除は手間が掛かるだけでさほど実績の稼げない依頼なのだからあからさまな蔑称だな。

ただ、リスクと金銭の割合を考えると、ビッグラット狩りが現時点ではベスト。多少思うところはあるが、さほど気にはならない。

一方で傭兵たちとは違い、傭兵組合の人からはかなり感謝された。

繁殖力が強く農作物を食い荒らすビッグラットの存在は農家にとっては頭を悩ませる種であ

り、近隣の農家から頻繁に組合のほうに依頼が出されるのだ。

ただし、ビッグラットの駆除で積める実績は最低ランク。駆除一匹で得られる報酬も低い。俺みたいに日に十匹駆除するくらいなら、もう少し割の良い厄獣を数匹狩ったほうが傭兵にとっては実入りが良い。おかげでビッグラットの駆除依頼は組合に出されるが、それを受ける傭兵は非常に少なかった。

俺はあの森にビッグラットが大繁殖していた理由がようやく理解できた。狩る奴がいなかっただけの話だ。それを率先して選んで処理している俺は、非常にありがたい存在だったようだ。

こうして、実績は稼げなくとも半ば塩漬け状態となっていた依頼をこなす俺は、組合員に好印象を持たれたようだ。

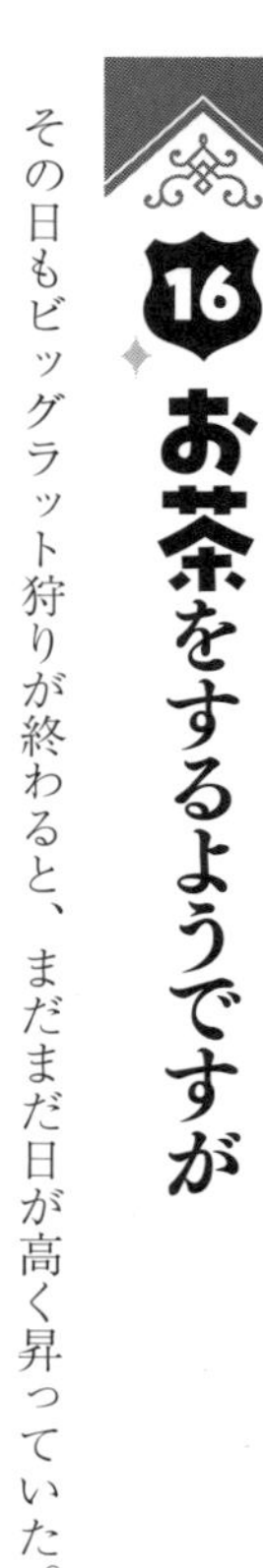

16 お茶をするようですが

その日もビッグラット狩りが終わると、まだまだ日が高く昇っていた。グラムのアドバイスのおかげで、仕事にかける時間が減ってきたのだ。

今日はこれ以上稼ぐつもりはなく、夜までは適当に過ごすつもりだ。

そして、どうせだから俺は『彼女』に会いに行くことにした。

「相棒も一途だねぇ。まだ目標金額には届いてないいんだろ？」

「だからちょっと差し入れを持ってくだけだ。少しくらい好感度を稼いでも罰は当たらねぇだろ？」

「下心をきっぱり認めるのは逆に清々しいなおい」

俺は表通りの露店で菓子を購入すると、路地裏へと足を踏み入れた。

向かうのは、前に訪れた娼婦宿ではない。

色街から少し離れた場所。俺が足を運んだのは、路地裏通りの片隅にある診療所だ。

「あらユキナ君、いらっしゃい。今日はどうしたの？」

入り口の扉をノックすると、扉を開いて出迎えたのはキュネイだった。

「今日のお勤めが終わったんで遊びに来たぜ」

「そう、ちょうど良かったわ。こっちも一区切り付いたところなの」

キュネイを〝買う〟と決意をしたその日、場所を教えてくれたのだ。彼女は娼婦だけではなく、昼間は路地裏にあるこの診療所で医者を営んでいた。

「はい、差し入れ」

「わざわざどうもありがとう」

俺は抱えていた菓子袋を渡すと、キュネイははにかんだ。

今の彼女は娼婦宿で見たときのような扇情的な衣服ではない。相変わらず躯の線が良く出ている服だったが、娼婦姿のときほどではない。その上からゆったりとした白いローブを羽織っている。

「どうせなら一緒に食べましょう。今お茶を淹れるわ。中に入って待ってて」

受け取った菓子袋を抱えて、キュネイが小走りに診療所の奥へと引っ込んだ。俺も後に続き中に入ると、薬品のものと思わしき独特の匂いが鼻に触れた。

診療所の中は薬品が置かれた棚に作業用の机と簡素なベッドがあるだけで、さほど広くはない。奥のほうはキュネイの住居と直結している。

俺はとりあえずベッドに腰掛けてキュネイを待った。

しばらくすると、香しい匂いのお茶と俺が差し入れた菓子を載せたトレイを手に、キュネイが戻ってきた。

「はいどうぞ」

「頂きます」

机の上に置かれた茶碗(カップ)を取り、湯気が立つお茶を口に含んだ。

「美人さんが淹れてくれた茶は美味いな」

「お世辞言ってもなにも出ないわよ」

クスリと笑うキュネイは、それだけで一枚の絵画のように美しかった。

「────っ」

菓子に手を伸ばそうとしたところで腕に痛みが走った。

そこには白い包帯を巻いてあり、血が滲んでいた。

森でビッグラットを探している最中に、飛び出ていた鋭い枝でざっくりとえぐられてしまったのだ。すぐさま消毒して包帯を巻いて止血したのだが、動いているうちに少し傷口が開いてしまったらしい。

「あら大変。ちょっと失礼するわね」

この程度は日常茶飯事だし唾でも付けとけば治るだろう、と思っていたところでキュネイが俺の腕を素早く手に取ると、包帯を取り除き傷口に向けて手をかざした。

「治療(ヒーリング)」

キュネイの手から光が溢れ出すと、俺の腕にあった傷口に吸い込まれていき、裂け目が塞が

ていく。

瞬く間に俺の腕は綺麗になった。

キュネイは医者であると同時に、回復魔法を得意とする魔法使いでもあったのだ。

「悪いな。お代は払うよ」

「良いのよ。強いて言えば差し入れのお代だとでも思ってちょうだい。ご馳走になってばかりだもの」

片手間と言わんばかりのキュネイは笑った。

「それにしても、君が普通にこの診療所に来たときは本当に驚いたわ」

「場所を教えてくれたのはキュネイさんじゃねぇか」

「だって、あれだけ決意を固めてた様子なのに、その二日後に平然と来るんだもの。次に会うのは、君が私を買うときだとばかり思っていたから」

初めてこの診療所を訪れたとき、俺の顔を見たキュネイは目が点になっていたからな。鳩が豆鉄砲を食らったとも表現できる。そのくらいに驚いた様子だった。

「どうせお世話になる相手なんだから、その人のことを知りたいと思うのは自然でしょうよ」

それに、買う買わないの話以前に、こんな美しい女性と少しでもお近づきになりたいと思うのは男として至極当然だ。

「それとも、あからさまに点数を稼ごうとする男は嫌いですかね？」

「いいえ。むしろ潔いところに好感が持てるわ」

そりゃぁ重畳だ。

それから俺たちは菓子と茶を口にしながら会話を楽しんだ。

世間話から森での狩りの様子。とにかく他愛もない話に花を咲かせていく。

そんな中で俺は少しだけ気になることがあった。

魔法――人々の間では当然のように認識されている技能だが、その中でキュネイが今使ったような回復魔法は実は使い手が限られている。

攻撃魔法や補助魔法に関しては、剣士等の前衛に比べれば数は劣るが傭兵組合に所属している。だが、回復魔法の使い手に関してはあまりいない。

回復魔法の習得および修練の技術は、教会の専売特許。市井の者に対してこれらを秘匿しているのだ。回復魔法の使い手＝教会に属する『僧侶や司教』というのが一般市民の認識だ。

無論、教会に赴きお布施を払えば治療してもらえるのだが、そのお布施が結構な額なのだ。よって、傭兵の間では最後の手段と考えられている。

もちろん、故郷の村にも教会があり、そこを担当していた司教も使える。だが、俺が森でこさえた傷を治療するには多少の時間を要する。それを一瞬で治してみせたキュネイの腕前は少なくとも村の司教以上だ。

そんな彼女がどうして町医者などしているのか。なぜ娼婦などという裏の仕事をしているのか。気にならないと言えば大嘘になる。

そんなことを考えていると――。

「……君は深く聞かないのね」

会話の最中に挟み込まれたキュネイの言葉に俺はどきりとした。

「な、なんのことっすかね？」

「腹芸とか苦手でしょ、君。考えてること丸わかりよ」

意地悪そうに笑うキュネイに俺は溜息をついて降参した。

「……回復魔法を使える人が、何でこんな路地裏の片隅で生活してるのか。そりゃちょっと気になりますがね」

けど、と俺は付け足した。

「それに踏み入るのがマナー違反（れいぎしらず）であるのは、田舎者であっても分かりますから」

事情があったとしても、俺とキュネイは知り合ってから一週間程度。それほど深い付き合いではないのに、根掘り葉掘り聞き出そうとするのは筋違いだ。

「ま、キュネイさんが自分から教えてくれるなら聞くけど、そりゃ無理でしょ」

「そうね。そうするには、まだ君も私も互いのことを知らなさすぎるもの」

「だったら待ちますよ。キュネイさんがいつか、打ち明けてくれる日まで」

17 お腹が減っているようですが

レリクスの奴はどうやら無事に聖剣とやらを手に入れたようだ。これで、あいつは正式に勇者として認められるようになった。

その事を記念して、王都では大々的なパレードが催された。もちろん、パレードの中心に居るのはレリクス。屋根のない豪華な馬車に乗る奴の腰には、美しい装飾の施された鞘を帯びている。

パレードの最中、ちょうど人が一番集まりそうな場所まで来ると、レリクスは席から立ち上がり、鞘から剣を引き抜き天に掲げた。太陽の光を反射して輝く刀身に、大衆の熱気は最高潮に達した。

俺はレリクスが持ってきた聖剣よりも、パレードで集まった民衆を狙った屋台の方に関心が強かった。村ではこういった出店はほとんどなかったので、そちらへの興味が勇者パレードよりも強かったのだ。決して、レリクスの奴がどうでも良かったわけではない。

ただ、今回のパレードで、レリクスの隣には噂のお姫様が同席していたらしい。あいにく人混みに遮られて目にするのは叶わなかったが、少しくらいはお目に掛かりたかった。

パレードが終わり、城に帰還した翌日からレリクスは聖剣を扱うための訓練を始めた。まっ

たく以て勤勉な奴である。

そして俺は今日も今日とて森で狩りに勤しむ。

目当てはやはりビッグラットだ。

順調に金も貯まってきており、このペースで行けば一ヶ月ほどで目標金額に到達するだろう。

だが、実は懸念があったりもする。

「相棒、こいつぁちょいとおかしくねぇか？」

「やっぱりグラムもそう思うか」

「ここしばらく他の依頼とかもチラ見してきたが、稼ぎが良すぎらぁ」

本来ならば手放しに歓迎すべきことなのだろうが、ここまで来ると違和感を覚える。

もっと時間が掛かると思っていた。何せビッグラットの駆除は俺的には難易度の割に稼ぎが凄くオイシイ依頼なのだが、それでも少し危険度を上げればもっと稼げる依頼はいくらでもある。

だというのに、金の貯まり具合が順調すぎる。

この二週間ですでに二百匹近くのビッグラットを駆除している。明らかに異常な数だ。

懸念はまだある。

「っと相棒！　茂みの奥から来たぜ！」

グラムの警戒に従い、俺は槍を背中の携帯鞘から引き抜き、両手で握って構えた。

その少し後、雄叫びをあげながら茂みから出てきたのは二足歩行をする犬のような厄獣（モンスター）。犬頭人（コボルト）と呼ばれる厄獣（モンスター）で、ビッグラットよりもさらに一回り大きい。個体の強さはそれほどでもないが、ビッグラットよりは強い。そして、二足歩行をするためか、ただの野生の犬よりかは知能もある。

ただ、どちらも〝多少〟と前置きがつく程度におさまる。

現れたのは四体。犬頭人（コボルト）は同族と集団で行動する厄獣（モンスター）。個体の弱さを群れで補うタイプだ。

そのうち、二体の犬頭人（コボルト）が牙を剥き出しに、前足――人間で言う右手の爪を振りかぶって俺に飛びかかってくる。

「ほいやっ」

俺は慌てず騒がず、後方に一歩下がりながら槍を振るう。先頭にいた犬頭人（コボルト）の爪も牙も俺に届くことなくその身を槍の穂先が切り裂き勢いを殺す。血を流しながら地面に落ちた犬頭人（コボルト）を尻目に、振るった勢いそのままに槍を旋回させて二匹目を切り裂く。

残り二体は仲間の死をものともせずに襲いかかってきたが、こちらも油断なく槍を振るって切り裂く。

四体の犬頭人（コボルト）が血を流しながら地面に倒れた。俺は油断なくそれらにトドメを刺し、さらに新手がないかを確認してから穂先の血を振り払い槍を背中の鞘に収めた。

グラムの指導（アドバイス）のおかげか、以前よりもかなり槍捌きが上達した自覚がある。村にいた頃の俺であれば、犬頭人(コボルト)四体に襲われれば、かなり必死にならなければ倒しきれなかった。だが今は余裕を持って相手をできるようになった。

喜んで良い場面ではあろうが、代わりに俺の口から出てきたのは溜息だ。

「犬頭人(コボルト)自体はそんなに珍しくはないが、こうも襲われる状況が続くってのは気になるな」

ここ数日間で、ビッグラット狩りの最中に犬頭人(コボルト)が襲いかかってくる機会が増えてきたのだ。

「こいつもか。肋(あばら)が浮いてやがる」

犬頭人(コボルト)の腹を見ると、ガリガリに痩せていた。俺が今まで見たことのある犬頭人(コボルト)はもっと腹がふっくらしていた。

「腹ん中は空っぽだな。群れからはぐれた奴が空腹のあまりに襲いかかってきたんだろう」

俺の背負い袋の中には、今日駆除したビッグラットの肉が収められている。匂いが漏れないようにしっかりと口は縛っているが、かすかに漏れたものを空腹だった犬頭人(コボルト)の鼻が敏感に捕らえたのだろう。

だが、それにしたってやはり不自然だ。

何せ、ここ最近に襲いかかってきた犬頭人(コボルト)のほぼすべてが、俺が今倒した犬頭人(コボルト)のように肋が浮き出るほどガリガリに痩せていたのだ。

「こんだけビッグラットがいりゃぁ、食糧難ってぇことにはならないと思うんだけどなぁ」

ビッグラットは犬頭人(コボルト)としては最弱の部類に入るが、その繁殖力のために他の厄獣(モンスター)に取っては都合の良い食料なのだ。

つまり、犬頭人(コボルト)にとっての食料(ビッグラット)がこの森には溢れている――はずなんだけど。

「そりゃアレだ、相棒が最近狩りまくってるからじゃね？」

「あ゛」

よく考えれば当たり前だ。何しろ二百匹。良い稼ぎだと思ってバンバン狩っていたが、思い返してみるととんでもない量のビッグラットを傭兵組合に納めている。

それだけ狩ってりゃぁ突然の食糧不足にもなるか。

「…………ま、遅いか早いかの違いだろうがな」

「ん？　何か言ったか？」

「いんやなんでもねぇや。それより、空腹の犬頭人(コボルト)が増えてるって話は組合の方には伝えといた方がいいんじゃねぇか？」

「それもそうだな」

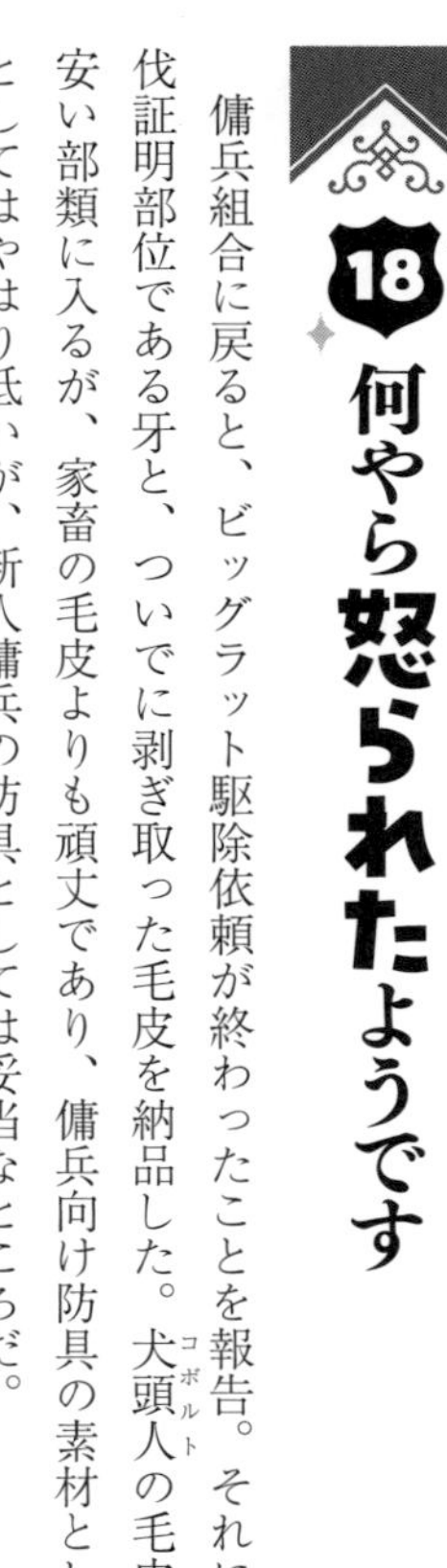

18 何やら怒られたようです

傭兵組合に戻ると、ビッグラット駆除依頼が終わったことを報告。それに加えて犬頭人(コボルト)の討伐証明部位である牙と、ついでに剥ぎ取った毛皮を納品した。犬頭人(コボルト)の毛皮は革製品の中では安い部類に入るが、家畜の毛皮よりも頑丈であり、傭兵向け防具の素材として活用される。質としてはやはり低いが、新人傭兵の防具としては妥当なところだ。

「はい、お疲れ様です。今日も大量でしたね」

組合の窓口にいる女性から、駆除依頼とビッグラットの肉を納品した報酬。さらに犬頭人(コボルト)の駆除に関しての報奨金も受け取る。

「本当に助かります。ビッグラットの駆除は実入りが少ないし実績も得られないから誰も受けない。そのくせ繁殖力があるので近隣の農家からひっきりなしに依頼が寄せられるので貯まる一方だったんですよね」

「こっちは良い稼ぎが残ってて嬉しい限りだ」

「……ここだけの話ですが。ここ最近、五級か四級辺りで一番稼いでいるのってユキナさんなんですよね」

受付嬢が小声で囁いた。他の傭兵に聞こえると騒ぎの原因となるための配慮だ。この辺りは荒くれ者を日頃相手にしているだけあって、よく分かってる。

「今良い稼ぎとは言ったけど、実は気になることがありまして――」

俺は犬頭人（コボルト）に何度も襲われていた状況と、襲いかかってきた犬頭人（コボルト）がすべて飢えていたことを受付嬢に伝えた。

「なるほど、そんなことが……」

顎に手を当て考え込む受付嬢。

「何もないなら良いんですがね。ちょっと気になったっつーか」

「実際に現場（かり）に出ていらっしゃる傭兵の声というのは大変貴重な情報です。それに、ユキナさんの仕事は他の新人さんと比べずいぶんと丁寧ですからね」

丁寧というのは納品素材の状態を言っているのだろう。咄嗟の場合を除けば、なるべく厄獣（モンスター）の素材を必要以上に傷めないように努力はしている。その方が買い取り額が良くなるからだ。

「傭兵になりたての新人さんは、ただ厄獣（モンスター）を狩れば良いと考えがちです。その点、ユキナさんの手際は五級とは思えないほど見事です」

「煽てても何も出ませんから」

単に手慣れているだけの話だが、褒められて悪い気はしないな。

「……実は他の傭兵からも予想外な犬頭人（コボルト）の討伐件数が上昇気味なんです。ですが、犬頭人（コボルト）が厄獣（モンスター）の中では弱い部類に入るせいか、皆さんさほど気にしてないようで詳細な情報があまり寄せられないんです。ですから正直言ってユキナさんの情報は助かるんですよ」

「そちらの情報は組合の上のほうに進言しておきます」と受付嬢が言い、それから少し会話をしてから俺は窓口から離れた。

出口に向かいながらグラムと会話をする。組合の建物内は他の傭兵達や職員が多く至るところで話し声や怒声が聞こえてくる。これだけ騒がしいとグラムが普通に声を出したところで不自然には思われない。

「んで、これからどうすんだい？　またキュネイ（おっぱいちゃん）のところへ行くのか？」

「もうちょっと呼び方とかあるだろ」

確かに、キュネイのおっぱいはおっぱいすぎるくらいおっぱいしてるけど、それにしたってもうちょっとこうあるだろ。

「相棒も大概だよな」

「――はっ!?」

どうやら思考が口に出ていたらしい。けど、普段着でさえこれでもかと主張しているあの胸に目が行くのは男として当然。ましてやその持ち主とあれやこれやをするために傭兵稼業に勤しんでいるのだ。これはしょうがない、うん。

『謎の言い訳をしてるところ悪いが、前方注意だぞ』

「うぉおっと」

グラムが突然話を念話に切り替えた。声に従って前を見ると前方から歩いてくる人の姿。慌てて避け、すれ違い様にぶつかる寸前だった人物の姿を確認する。

「――ってでっか⁉」

直前までキュネイのおっぱいを思い出していたためか、すれ違った人物――女性の胸の大きさに思わず驚き率直な感想が飛びだしていた。

『あーあ、言っちゃった』

呆れ果てたグラムの声に今回はさすがに反論できなかった。

すれ違った女性の頭には人間にはない狐の――獣の耳があった。この国――アークスでは珍しいが獣人と呼ばれる類いの人種だ。躯の背後、臀部の辺りからは耳の色と同じ銀色の尻尾がふさふさと揺れている。

装いは、ブレスティアに住む人とはかなり様式が異なっている。一番近いのは教会の人間が着ている法衣だろうか。全体的に青色を強調した衣装だ。

その法衣のような衣服の胸元を強烈に押し出しているおっぱいは素晴らしいの一言だ。

そして、おっぱいを除いてひときわ目を引くのが、腰に帯びている剣で――と、これ以上外観を観察している余裕はない。

なにせ、獣人の女性が明らかに不機嫌そうな目でこちらを見ているのだから。原因は大凡分かっている。

「………今、なんて言いました？」

切れ味のある視線で見据えられて俺はゾクリとなった。美人ということもあるが、視線に含まれていた圧が凄まじい。

「えっと、気を悪くさせたなら謝る。申し訳なかった」

下手に言い繕うと状況が悪化するのは火を見るより明らか。俺は素直に頭を下げた。

彼女はしばらく俺を睨み付けていると、俺の顔から俺の背中にある槍（グラム）に目を向けた。

「槍使い……そう。あなたが最近噂になってる鼠殺し（ラットキラー）ね」

声色に、嫌悪に加えて侮蔑が混じったのを感じた。

陰で囁かれるならともかく、真正面からの嘲るような声色にはさすがに俺も口をへの字に曲げてしまう。

『止めときな、相棒』

——グラム？

背中の槍から届く念話（チャンネル）には、一切の冗談が含まれていなかった。

『その狐ッ娘（キツネこ）。おそらく今の相棒じゃ逆立ちしても勝てねぇくらいに強い。しかも腰に下げてるのは——』

この国で普遍的に広がっている剣とは違い細長くはあったが、刺突用の剣ともまた別で片刃で若干のそりが入っている。長さそのものはかなり大ぶりであったが、不思議な剣だ。

『とにかく、喧嘩は売るなよ。少なくとも現時点では』

改めてグラムに釘を刺され、これ以上の関わり合いを避けるように「それじゃぁ、俺はこれで」と剣（?）を帯びた女性に断りを入れて、その場から離れようとした。

「あら、言い返さないのね」

ところが、そんな俺の背中に銀狐の女性が言葉をぶつけてきた。

「いくらビッググラット狩り（よわいものいじめ）が好きな臆病者でも、一介の傭兵としてそれなりの気概を見せて欲しいものだわ」

そう言って、彼女は吐き捨てるように言うと受付と話を始めてしまった。

――なんだったんでしょうね、今の。

19 絡まれてるようです

組合で一悶着——といえるほどの騒ぎではなかったけれども——があった後、俺はいつも通り手土産を持ってキュネイの診療所へと足を向けた。

「あの狐(キツネ)ッ娘(こ)が持ってた剣。ありゃぁ『刀』って呼ばれる特殊な剣だ」

「カタナ？　聞いたことねぇな」

「製法が特殊だし、生産されてるのも使われてるのも一部の地域に限られてるからな。詳しい話をすると日が暮れちまうが、簡単に説明すると、あんな細っちょろい見た目でも〝折れず〟〝曲がらず〟〝良く斬れる〟って三拍子が揃ってる剣なのさ。その分、通常の剣と違った扱い方が必要になるがね」

　本当にこの槍の知識はどっから湧いてくるのだろうか。

　あの狐(キツネ)ッ娘(こ)はキュネイとはまた違った方向に美人だった。キュネイが包容力のあるたわわなおっぱいなら、あの狐(キツネ)ッ娘(こ)は切れ味のある強気なおっぱいだな。

「——あれ？　いつの間にかおっぱい査定してる」

「いつもとおりだろ？」

「……それもそうだな」

「俺が言うのもアレだが、それで納得するんかい⁉」

グラムとそんな漫才のような会話をしていると、キュネイの診療所が見えてきた。

「にしても、なんであんなに睨まれてたんだろ、俺」

「完全に、台所に出現する黒い悪魔を見るような目だったな」

「そこまでは酷くなくね⁉」

本音を言うと、あの強気おっぱいにあからさまな侮蔑を向けられて少しだけ気落ちしているのだ。キュネイと話して癒やしてほしかった。

ところが、診療所の入り口、扉の前に二人の人物が立っていた。片方は診療所の主であるキュネイだが、もう一人はガタイの良い男性。

診療所に治療に来た客か、あるいは夜の仕事関係か。どちらにせよキュネイの仕事に変わりはなく、そこに足を踏み込むのは躊躇われた。

特に夜の仕事のほうだと、俺がいたたまれなくてヤバい。キュネイがそう言う職に就いているのは俺がとやかく言える事ではないが、多少なりとも気になっている相手が他の男といちゃこらしている場面など見たいはずがない。

これは日を改めたほうが良いか、と踵を返す。

「相棒、ちょいと様子がおかしいぜ」

診療所と真逆の方向に躯が向いてから、グラムが呼び止めた。不思議に思って背後を振り向くと、キュネイと男性が何やら言い争っているようだった。正しく言えば一方的に男性が怒鳴り始め、キュネイは少し困ったようなふうだ。

「あんまり穏やかじゃないな」

俺はもう一度診療所へ早歩きで近づいていった。

そうこうしているうちに、苦笑いをしながら診療所の中に戻ろうとするキュネイの手を、男が強引に掴んで引っ張り出した。

——とりあえず、背後から近づいて側頭部に槍の石突きを叩き込んでやった。

『ってちょっと相棒⁉　いきなりすぎねぇか⁉　その男に同情するわけじゃないけども‼』

「興奮してたし、どうせ何を言っても逆上するだけだ。だったら、隙のあるウチに先制打を打って気絶させた方が楽だ」

『そうかも知れないけどさ⁉　もうちょっとなんかあるだろ！　盛り上がり方とか‼』

穂先ではなく石突きで殴り飛ばしたのはせめてもの情けだと思ってほしい。もっとも、側頭部を打ち抜かれた男は白目を剥いて気絶してるけどな。

「よぅキュネイさん。こんにちは」

「え……ええ、こんにちは」

槍を背中に戻しながら俺はキュネイに笑いかけた。彼女は俺と倒れた男を交互に見ながら引きつった笑みを浮かべている。

「早速で悪いけど、長めのロープとか持ってない？　なるべく頑丈な奴」

「あるけど、ロープなんかどうするの？」

「とりあえず、この男を縛って適当な場所に吊しておく」

「『吊す⁉』」

〝悪たれ〟は縛ってどこかしらに吊し上げるのが俺なりのポリシーである。

とりあえず、宣言通り適当な屋根の縁に縄で縛った男を逆さ吊りにして、俺は再び診療所を訪れた。

「んで、さっきの言い争いは夜の仕事関係？　あ、言いたくないなら無理に話さなくても良いけど」

「別に隠すつもりもないから良いわ。あなたの想像通り、夜の仕事でちょっと揉めちゃって」

キュネイは困ったような笑みを浮かべた。

「正直助かったわ。あのお客さん、ここ数日で少し強引に迫ってきてて、断るのに苦労してたの」

「なんだ。値引きでもしてきたのか？」

「いえ、金回りは良さそうだったけれど、私にだって客を選ぶ権利くらいはあるのよ」

まぁ、娼婦とは言え女に強引に迫ろうとする男と閨（ねや）を共にしたいとは思わないだろう。

「けど大丈夫？　あの男、傭兵を名乗ってたけど、報復とかされない？」

「それは大丈夫。顔を見られないように殴り飛ばしたからな」

「そ、そう。なら良いんだけれど」

どうしてだろうか。親指立てて自信満々に言ったら、キュネイの顔が微妙に引きつった。

邪魔な『間男』の話はこれで終わらせて、そこからは普段通りに話に花を咲かせる。

まぁ、これまでの人生をほとんど村で過ごした俺に話せることなどたかが知れてる。そんな話であるのに、キュネイは楽しそうに聞いてくれた。半分程度は上辺だけの付き合いだったかもしれないが、それでも美人さんと話ができるというのは楽しいもんだ。

――美人は美人でも、あの狐ッ娘とは全然違うよなぁ。

ふとそんなことを考えていると。

「あ、今他の女のことを考えてたでしょ」

ずばり心中を指摘されて俺は驚いた。

「これでも男を相手に商売してるのよ。それで、どんな女を想像してたのかなぁ？」

にまにましてるだけなのになぜかキュネイが怖いです。

俺は素直に傭兵組合で銀狐の女性と遭遇したことをキュネイに話した。

「銀狐の獣人。それにカタナという剣。もしかして『銀閃』かしら？」

「なにその格好いい名前」

「正式な名前じゃなくて二つ名ね」

「ふたつな？」

「傭兵にとっては名誉ある事だけれど……知らないの？」

「あいにくと傭兵になったばかりの新人なんで、その辺りは疎いんですよねぇ」

つまりは、傭兵に与えられる称号のようなものらしい。多大な功績を残したとき、あるいはその人物に纏わる特異な性質がその者を表す第二の名前として広まるのだそうだ。

「ちょっとまて。つまり俺も最近『鼠殺し』って呼ばれてるけど、アレももしかしたら二つ名扱いなのか？」

「あぁぁ……。最近ちょくちょくそんな名前が出回ってたけど、その正体って君だったんだ」

どうやら二つ名というのは敬称じゃなくて蔑称としても扱われるようだ。これを聞いて少しだけヘコんだ。

ともあれ、話題に上がっているのは俺ではない。気を取り直して俺はキュネイに聞いた。

「それで、銀閃ってどんな人？」

「どうやら出身は異国の人らしいけど、若いのに異例の速さで第二級まで昇格した腕利きの傭兵って話よ」

「第二級……」

五級である俺の三つ上の位。グラムが格上と言っていたが、それは紛れもない事実のようだ。

……下手に言い返さなくって良かった。

20 デートするようですが

間男をぶっ飛ばした翌日。

俺は王都で二度目の〝でぇと〟と洒落込んでいた。

お相手はご存じ、路地裏で最高級娼婦と名高いキュネイ。

――昨日『銀閃』の話をした少し後、キュネイが切り出したのだ。「助けてくれたお礼がしたい」と。

常日頃から差し入れを持ってきたり話し相手になってくれたこともあり、ここで少しくらいは〝お返し〟をしておきたいと言いだした。もちろん、娼婦としての本分に関わること以外という条件付きでだが。

俺としては――仲良くなりたいという下心はあったが――特に具体的に何かを求めていたわけではない。ただ、せっかくの好意を無下にするのも悪いと思い、どうせならという気持ちでデートの約束を取り付けたのだ。

「君も物好きね。日陰で働いているような女をわざわざお天道様の下に連れ出すなんて」

「ま、たまには日光を浴びないとどんなに綺麗な花も枯れちまうからな」

俺の隣にいる今のキュネイは、医者のときに着る羽織に加え少し露出を控えた服装だ。路地裏ならいざ知らず、表を歩くには普段の格好は目に刺激的すぎる。ただでさえ今でもすれ違う通行人の視線を引っ張ってしまうほどだ。

「それで行く当てはあるのかしら?」

「あいにくとまだ王都に来て日が経ってないもんでね。今日はデートがてらに散策しようと思ってさ」

嘘ではない。デートの口実にはちょうど良かったが、王都に来て早々に傭兵稼業に専念してしまったため、こうしてゆっくりと王都を巡る時間がなかったのだ。

——初日に指輪のお嬢さんと観光したが、歩けたのはごく一部分だけだしな。

「こら」

キュネイが身を乗り出してきて俺の顔を覗き込んできた。

「また他の女の子のこと考えてる。しかも今度は銀閃じゃなくて別の子でしょ」

——だから、なんで分かるの?

「私くらいになれば、男の顔を見れば考えてることは一目で分かるものよ」

得意げなキュネイに俺は降参とばかりに両手を挙げた。

「失礼した。こんな極上の美人さんが隣にいて他の女のことを考えるのは礼儀知らずだったな」

「ふふふ、分かればよろしい」

言葉では咎めていたキュネイだったが、気を悪くした様子もない。明らかにからかわれているが、美女にされると不思議と悪い気はしなかった。

と、キュネイはいきなり俺の腕を掴むと、抱きしめるように寄り添ってきた。腕が豊かな胸の間に挟み込まれ、素晴らしいたわわな感触が腕に伝わってくる。その他、密着度も上がり彼女の体温も感じられた。

「って、さすがにこれはちょっと⁉」

「だーめ。他の女の事を考えていた罰よ。しばらくはこのままエスコートしてちょうだい」

未だ『漢』に至っていない俺にとって、この密着距離は刺激が強すぎる。だが、俺の悲鳴（？）を完全に受け流し、キュネイは悪戯っ子のように微笑む。

もしかしてこのお姉さん、ちょっとSッ気ないですかね！　こんな美女に攻められるのもまた一興ではあるかも知れないが初心者の俺にはやっぱり辛いよ！

——などと心の中で絶叫しつつも、本日のデートはスタートしたのである。

side healer

私の名前はキュネイ。

王都ブレスティアの路地裏で昼間は医者、夜は娼婦をしている。

路地裏稼業とは言え医者としての評判は悪くなく、そして娼婦としては、この王都の中では最高級の部類に属している。

この王都で娼婦を営む女にはいくつか種類がある。貧困で生活が厳しい家庭から、口減らしに売られてきた者。借金を背負い、その返済に努める者。働き口もなく身銭を稼ぐために仕方がなく女を売っている者。

私はどれにも当てはまらない。

日々の生活だけなら、実は医者での稼ぎだけでも十分に事足りた。幸いにも私は医療技術の他にも回復魔法がある。贅沢三昧さえしなければそれなりに余裕を持って生活できる。

私には娼婦をしなければならない理由があるのだ。

それは私にとって最大の秘密。

本来なら、路地裏から出るのは薬の材料や食料を買い出しに行くとき以外は避けたい。それも日の高い真昼から出掛けるなんていつぶりだろうか。

けれど私は今、とある青年と腕を組みながら表通りを並んで歩いている。

彼の名はユキナ。先日知り合ったばかりの青年だ。

青年とは言ってもようやく大人に成長を始めた年頃で、まだ子供っぽさが抜けきっていないふうだ。ただ、腕を組んだ感触は外見よりもずっとガッシリとしており、力強さが伝わってくる。そのギャップに少しだけ〝ドキリ〟としたのはここだけの話。

これまでどれほどの男性と閨を共にしたのか。そんな女が年頃の娘みたいに胸を高鳴らせるなんておかしい話だ。

ユキナ君と知り合ったその日も、客と別れて借りていた宿の部屋を出た直後だった。

間借りしていた娼婦宿の部屋の後始末を宿の受付に頼んだとき、そこで受付にいたのがユキナ君だ。どうやら受付の人と話をしている最中に私が現れて、いわゆる〝一目惚れ〟をしてしまったらしい。

——お姉さん、俺の初めての相手になってください！

あの時に叫んだ言葉は今思い出しても笑ってしまう。

けど、あれだけ真っ直ぐと言葉をぶつけられたのは久しぶりだった。

彼のように田舎から出てきたばかりの男性（ひと）が私に相手を申し込むのは初めてではない。けど、私を〝買う〟ための値段を聞いて誰もが肩を落として諦めていった。気の毒ではあるけれど、こういった商売をしている以上、値を下げるとは己の価値をも下げる事に繋がる。

でも彼は違った。決して『私』を諦めようとせず、今必死になって資金を稼いでいる。しかも、危険を伴う傭兵となって。

医者として、大怪我を負った傭兵の治療をしたことがある。中には回復魔法を使っても完治できないような重症を負い、引退を余儀なくされた者もいる。

そして、治療の甲斐もなく命を落とした者も――。

「……どうしたキュネイさん。もしかして調子悪かったりするのか？」

心配そうに聞いてくるユキナ君。どうやら気持ちが表情に出ていたらしい。

「ううん、何でもない」

駄目ね――と内心に言い聞かせながら私は首を横に振った。

「そこまで危険な相手には手を出していない」とユキナ君は口にしている。事実、傭兵稼業を始めてから何度か私の診療所に来ているけれど、大怪我を負ってきた様子はない。あっても軽い切り傷程度だ。おそらく問題ないのだろう。

これでも何人もの男性を相手にしてきたのだ。人を見る目は多少あるはずだ。

ユキナ君は変わり者であるのには間違いないが、無鉄砲ではない。リスクとリターンをちゃんと計れる人だ。私を〝買う〟という目的のために、己にできる最大限を把握して傭兵稼業に勤しんでいる。よほどのことがない限り、無茶な行動には出ないはず。

せっかくのデートなのに暗いことばかり考えていては、誘ってくれたユキナ君に失礼だ。

どうせなら楽しまなければ。

私はそう思い、ユキナ君の腕を抱く力を少しだけ強くした。

あ、顔が真っ赤になった。

――予想に反してというのは、少し失礼かも知れないが、道中（デート）は特に奇を衒（てら）った内容にはならなかった。

てっきりユキナ君のことだから私をびっくりさせるような何かしらが用意されていると思っていたのだけれど、案外そんなこともなかった。普通に露天商を冷やかしたり、屋台の食べ物を食べたり、当てもなく街を歩き回ったり。

けど、楽しくなかったと聞かれればそんなことはない。

むしろ、そう言った〝当たり前〟のような雰囲気がとても心地よいものであった。

可笑しい話だ。

この躯はすでに男性に幾度も抱かれているのに、まるで初心な年頃の女みたいに今の状況（デート）を楽しんでいた。

これも、ユキナ君のせいだ。

「……どうして人の顔を見ながらニヤニヤするのですかね」

ユキナ君が困ったような顔をした。彼には悪いが、その顔が不思議と可愛く見えてしまい、私はクスリと笑った。

だけど、今が楽しければ楽しいほど考えてしまう。

——ユキナ君が『本当の私』を知ってしまったとき、はたして彼はどう受け止めるのか。

21 やる気の出るお仕事だとおもうのですが

キュネイが俺の顔を見てニヤニヤしていることを除けば、おおむねデートは成功だと言えよう。王都を歩き回りながら会話をしていただけなのだが、キュネイには楽しんでもらえたようだ。

常日頃から表通りから一歩離れた地域で生活し、表通りをこうやって歩くのは必要に駆られたときを除けば滅多にないとか。だから久々にこうして〝表〟を歩くのが新鮮だったらしい。

勢いで誘ってしまったデートではあるが、俺だけではなく彼女も満足してもらえたようで何よりだ。

そんな時、背中から不穏な念話（チャンネル）が発せられた。

『相棒、ちょいとマズいことになったぜ』

（おい、デートの最中に話しかけるなって言っただろ）

いきなり槍に話しかける野郎（おとこ）が隣にいると知れれば、どんなに器量の良い女だってどん引きするだろう。幸いに今の会話はキュネイには聞こえていないが——。

『何もなけりゃぁ俺だって最後まで黙ってるつもりだったさ』

軽く眉間に皺が寄るが、俺は黙ってグラムの言葉に意識を向けた。

（で、何がどうしたんだ？）

『昨日相棒がぶっ飛ばした男がいるだろ。あいつが後ろにいる』

――ッ⁉

思わず背後を振り向きそうになったが、グラムの制止にどうにか思い止まる。

『っと、こっちが気づいたのを悟られちまうから後ろは向くなよ』

「……ユキナ君？」

俺の動揺が、俺の腕を抱いているキュネイには伝わってしまったか、首を傾げてくる。

俺は自分でも下手くそだと思う曖昧な笑みでいったん誤魔化してから口元を手で隠し、キュネイに聞こえないようにグラムへと語りかけた。

（野郎は今どんな感じだ？）

『今すぐ動こうって様子じゃないが、恐ろしく不機嫌なのが一目瞭然だ。すれ違う通行人とか、超ビビってる』

（昨日俺が吊したってことはバレてると思うか？）

『そりゃさすがに分からねぇ。ただ、気になる女の隣に自分以外の野郎がいりゃぁ心中穏やかでないのは確実だわな』

そりゃマズいな。

このままキュネイと一緒に歩いていたら何をしでかすか分からない。たとえ途中で別れても、それはそれでキュネイに危険が及ぶ。

——とりあえず人気のない場所に男を誘い込み、物陰から不意打ちかましてぶっ倒した。

『……いや、だから容赦なさすぎだろ相棒。ここは普通、女を背中で守りながら必死になって闘う様を見せつけるとかさぁ』

「粘着質な追っ掛けストーカー野郎に容赦できるほど、俺は人間できちゃいないからな」

『できちゃいないどころか、一歩間違えれば人でなしの所業だと思うのは俺の気のせいか？』

気のせいです。穂先でなく石突きを使った時点で十分くらい手加減している。

もしこの一連の流れが創作物になったとして野郎相手に立ち回る状況を長々と書き連ねるのは作者的に面倒だろう。このくらい簡潔に終わったほうが楽で良い。

今回も前と同じく身包みを剥ぎ取り、適当な場所に裸で吊しておく。この短期間で同じ男の裸を拝むとはついぞ思いませんでしたよ、本当に。どうせなら女性の裸をみたいものですよ。

一通りの〝作業〟が終わって、俺は少し離れた場所にいるキュネイのところに戻った。

「ふぅ、お待たせ」

「いきなり脇道に連れ込まれたときは何事かと思ったけど……ここはお礼を言うべき場面なのかしら？」

アレ？　キュネイまでちょっと考えちゃってるぞ？

「いえ、やり方はなんにせよ助けてもらったのには変わりないものね。ありがとう、ユキナ君」

気を取り直したように礼を言ってくるキュネイ。その表情は晴れやかとは言い難く、曇りの様相を見せていた。何か思うところがあるのだろう。

俺はあえて明るい口調で言った。

「キュネイさんは美人だからな。そりゃしつこく言い寄ってくる輩ってのは後を絶たないだろ」

「人気があるのは娼婦としては嬉しいことなんだろうけどね……」

気落ちしているキュネイ。

「………結局のところ、娼婦なんて汚れ仕事をしているから、こんな男にも目を付けられるのよね。こいつらにとっては、私たちなんか金さえ払えば簡単に躯を許すような下種（げす）なんでしょう」

「はいはいそこまで」

どんどんと否定的（ネガティブ）な発言をしていくキュネイの口を、俺は手で塞いだ。唐突に手で口を押さえられた彼女が目を瞬かせる。

——実のところは、俺も気が付いていたのだ。

デートの最中に楽しそうにしているのは嘘ではないはず。けれども、時折その笑みに哀愁が含まれていたのを。

これまでの会話で、彼女が娼婦であることに負い目を感じているのは察していた。おそらくその辺りが原因だろう。

「そう自分を卑下するなよ。美人が台無しだぜ」

「ユキナ君……でも」

なおも重ねようとするキュネイに俺は首を横に振った。

今でも彼女がなんに対してその表情を浮かべていたのか、本当の意味では理解できていないだろう。

だから俺は余計な詮索はせずに率直に述べた。

「失礼を承知で言わせてもらえば、娼婦ってのは立派な職業だと思うぞ、俺は」

「……………えっ⁉」

村にいた頃の俺は、必要だと思ったことをただ単純にこなしてきただけだ。特別にやりたいことがあったわけでもなく、日々を平穏と暮らせればそれだけで満足していた。

けど、今の俺はキュネイを〝買う〟為に、槍を背負って傭兵稼業に勤しんでいる。そんな自分を悪くないと思っている。

何を馬鹿なことを、と言わんばかりのキュネイに俺は己の考えるところを正直に伝えた。

「具体的な目標がある日常ってのは張り合いが出てくる。『娼婦』って存在は、その具体的な目標になりえる存在だと俺は思うけどな」

男というのは基本的に単純な生物だ。綺麗な女のためには頑張ってしまうものだ。そして、男にやる気を出させる存在が、卑下されて良い道理はない。

特に、この王都で最も名高いとされている娼婦が口にして良い台詞ではないはずだ。

俺の言葉を聞いたキュネイが俯いてしまった。

（……あれ？　もしかして俺って変なこと言っちまった？）

もしかしたらまったく違うことに悩んでおり、俺が口にした内容はまったく的外れだった恐れがある。もしそうだったら、俺は恥ずかしさで死ぬかも知れない。

だが、俺の心配は危惧に終わった。

キュネイは俯いたまま俺に近付くと、いきなり抱擁された。

「へ？　あ、ちょっと⁉」

「ごめんなさい。いまの私は多分、人に見せられない顔してるわ。だから少し我慢しててね」

「いや我慢っつか、どちらかと言えばずっとお願いしたいところです‼」

抱きしめられたら当然躯が密着するわけで、デートの最中に腕に伝わっていたたわわが俺の胸元で潰れているわけで、ついでに胸だけではないキュネイの柔らかさを目一杯感じることが出来てもう感無量です。

ちょっとでも気を抜くと、躯の一部分が反応してしまいそうだ。

「なんであんなことを普通に口にできちゃうのかしら。私が単なる生娘だったら、あれだけでコロッといっちゃったかもしれないわよ」

「あの、言ってる意味がよく分からないんだが」

「いいのよ。今はとりあえず、このままでいさせてちょうだい」

――俺たちはそのまま人気のない路地でしばらく抱擁を交わすのであった。

『どうでも良いけど、素っ裸の男が逆さ吊りされてるってことはすっかり忘れ去られてるなこれ』

グラムの呟きが俺の耳に届くことなく、こぼれ落ちた。

side braver 4

アイナ様の助力を得ながらも、僕はどうにか神殿の奥深くに納められていた『聖剣』を手に入れることができた。

台座に突き刺さった聖剣を握ると、握った右手の甲にある痣が熱を帯びながら光り出した。僕は熱に浮かされたような感覚に浸り、ほとんど無意識に近い状態で台座から剣を引き抜いた。

すると僕の耳に女性の声が届く。

『よくぞ参られました……今代の勇者よ』

その声を発したのは――他ならぬ聖剣であった。

聖剣レイヴァ――それは言葉を喋る意思を持った剣でもあったのだ。レイヴァという名前も、『彼女自身(せいけん)』がそう語った。

レイヴァは勇者の武器であると同時に、勇者が勇者たり得るかを見極めるために存在しているという。

「僕は勇者として認められたって考えて良いのかな？」

『あなたが神に選ばれし者であるのは聖剣たる私が保証しましょう』

「そっか。僕の名前はレリクス。よろしくお願いします」

『よろしくお願いします、我が主（マスター）レリクス』

――こうして聖剣レイヴァを手に入れた僕たちは王都に帰還した。

王都に帰ってくると、次に待ち受けていたのは大規模なパレードだった。僕が聖剣に勇者として認められたことを祝したものだという。

王都に着く直前に、移動用の馬車から式典用の天蓋が開いた豪華な馬車（それ）に乗り換えさせられた。ついでに、服装も鎧姿から正装に着替える。アイナ様の姿も、機能性を重視した服装から式典用の豪華なドレスに変更だ。

聖剣（レイヴァ）を納めるための鞘も用意されていた。あいにくと神殿には聖剣はあったが鞘がなかった。これまでは適当な布にくるんでいたのだ。

「ほれ、こいつが鞘じゃ」

馬車を乗り換えるときに、たっぷりを髭を蓄えた老人が鞘を渡してくれた。王都で一位二位を争うほどに優秀な鍛冶師らしいが、確かに聖剣を納めるに相応しいほど美しいものであった。

――正直に言うと、老人の髭もじゃ具合からは想像できないくらいの出来映えである。

「文献に残されていた形を元につくっとるが、なにぶん聖剣ってぇのを見るのは生まれて初めてだからな。とりあえず剣を納めて確認してみてくれ」

老人に促されるままに僕は聖剣を渡された鞘に収めた。

『ふむ。私の制作者には劣りますが、それでも人間としてはかなりの腕前のようですね』

鞘に収まった聖剣レイヴァが僕だけに聞こえる声で呟いた。どうやら鞘の居心地（？）に不満はなさそうだ。

それから簡単な打ち合わせを経てパレードが開始した。

とはいえ、僕の役割はそう多くない。天蓋のない馬車に乗って街の人たちに笑顔を向けながら手を振れば良いとのこと。そして、街の中心部――人の一番集まるところで聖剣を抜きその存在を示せば良い。

王都の正面門が開き、僕を乗せた馬車は街中に入る。

待ち構えていたのは衝撃すら伴いそうなほどの大歓声だった。紙吹雪が舞い散り、音楽が奏でられ、パレードが開始した。

「勇者様、手を振ってあげてください」

アイナ様は人々にやんわりと笑みを向けながら、僕だけに聞こえる小声で囁いた。言われるがままに、どうにか表情筋で笑みを作り、ぎこちない動作で手を振る。おそらく、今の僕は盛大に顔が引きつっていることであろう。

『いつの世も、勇者を政治の道具として使う王族の考えは変わりありませんね。ですが、今後の活動を円滑に進めるため、多少の柵（しがらみ）を加味しても権力者の後ろ盾を得るのは間違いではありません』

レイヴァの淡々とした物言いに僕は柄頭をぽんぽんと叩いた。まだ知り合って間もない仲だが、彼女が凄く真面目な性格だということは分かってきた。

　そうしてパレードが続き、ようやく笑顔を人々に向けることに慣れると、偶然にも知っている顔を発見できた。

　ユキナだ。

　彼は両手に露店で購入したであろう食べ物を満載しながら歩いていた。彼はちらりとこちらを向くと、すぐに興味を失ったかのように視線を外した。

　パレードに目を向けずに道を歩いている人は他にもたくさんいる。けれども、僕の目にはユキナが『勇者』というものに心底興味を抱いていないように見えた。

　——本当に、相変わらずだな。

　ユキナは僕に興味がなかったとしても僕はユキナに興味を持った。正確には彼の背中にある細長い物体——一本の槍が僕の目を引いた。

　村でも、周囲が剣ばかりを使う中、ユキナだけは好んで槍を使っていた。けれども彼が今背負っているのは村で使っていた槍（それ）とはまったくの別物だ。僕が神殿に行っている最中に王都で購入したのだろうか。

『——あれはっ……』

（レイヴァ？）

『…………いえ、何でもありませんマスター』

今までにない動揺を含んだレイヴァに首を傾げたが、そうこうしているうちにユキナの後ろ姿が人混みの中に消え、見失ってしまった。

パレードが終わり、身辺が少し落ち着いたら話に付き合ってほしいと思う。

「ふんふんふん、ふんふんふんふん♪」

俺は人生で一位二位を争うほど上機嫌のただ中であった。

先日のデートは大成功と言っても過言ではないだろう。

謎の野郎が割り込んできたときはどうなることかと思ったが、結果的にはキュネイに抱擁（ハグ）され、お礼まで言われてしまったのだ。そのときは混乱で一杯だったが、後になって思い返すとあんな綺麗な女性と密着できて役得すぎて困る。

女の人って、あんなに柔らかかったんだな。特に胸部辺りがこの世に存在するものとは思えないほど柔らかかった。

数日経った今でも、思い出すだけで自然と鼻歌を歌ってしまうほどだ。

「ふん、ふふふん、ふんふん――」

「ぶっちゃけキモい」

「うるせぇ塩水ぶっ掛けるぞ」

「理不尽っ⁉」

と、今日も今日とて相棒の槍（グラム）と楽しい会話をしながら傭兵稼業である。

「冗談はさておき、そろそろ落ち着け。こういった浮かれたときが一番危険なんだからよ」

グラムの言うこともっともだ。すでに森の中に足を踏み入れている。一度深呼吸をして、テンションを平常運転に戻した。

「相棒は見た目に似合わず、こういった切り替えはきっちりしてるのな」

「見た目に似合わずは余計だ」

頑張って稼ぎに稼いだ結果、貯蓄は目標金額まで後もう少しのところにまで到達していた。数ヶ月以上を覚悟していたのだが、一ヶ月ほどでここまでこれるとは思ってもみなかった。

だが、こういったときこそ初心に返り、普段通り淡々と仕事をするのが大事なのだ。急いては事を仕損じるとはよく聞く話。目標とは到達する直前が最も危険なタイミングだ。

「石橋は叩いて粉砕して新しく鉄の橋を架けるぐらい慎重にならんとな」

「それもう石橋違う」

口ではぐだぐだと喋りながらも、お馴染みの獲物であるビッグラットを探す。今日も目指せ十匹だ。

ところが、今日は普段と調子が違った。

「おっかしいな。あれだけわんさかいたビッグラットが、今日は一匹もいない」

いつもなら二、三匹狩れる時間を探し回っても、ビッグラットの姿がなかった。

——それ以前に、森に足を踏み入れてから妙な違和感を覚えていた。今まで普段目にしている何かしらが、見当たらないような気分だ。

「…………………………」

「グラム？」

先ほどまでは軽口をたたき合っていた相棒が、今はじっと黙っていた。表情がないので感情は読み取れないが、どうにも神妙な雰囲気を発している。

「妙だな」

「いや、ついさっき俺がおかしいって言ったばかりだろ」

「違う。……あまりにも静かすぎる」

言われてみて、俺は己の感じていた違和感の正体を知った。

森には厄獣（モンスター）のみならず、様々な野生動物が生息している。普段であればそれらの一匹でも遠目ながら見つけることができる。

だが、今はそれらの気配を一切感じられなかった。

「……嵐の前の静けさって奴？」

「それだと、その渦中にいる相棒が強制的に騒動（あらし）に巻き込まれる構図になるんだが」

「なにそれ怖い――ん？」

森の奥から、草葉をかき分けてこちらに向かってくる影を発見する。ここ最近で何度も見かけた犬頭人（コボルト）だ。

一直線に俺に向かってくると、雄叫びを上げながら飛びかかってきた。

「しっ！」

背中から槍を手早く引き抜き、口から鋭く呼気を発しながら穂先を旋回させる。空中で牙を剥く犬頭人(コボルト)の胴体を斜めに切り裂く。飛びかかりの勢いを失った犬頭人(コボルト)はそのままドチャリと地面に落ち、己の血溜まりに沈む。

「相変わらず犬頭人(コボルト)は出てくるのな。もうこいつの肉を適当に〝ビッグラットの肉です〟ってでっち上げて売るか？」

「お目当ての獲物(ビッグラット)が出てこないからって自棄になるなよ」

「冗談だよ、冗談」

そんなことをすれば違反行為として傭兵組合から大幅な懲罰(ペナルティ)が科せられる。この違反行為は、最も重いもので傭兵組合からの永久追放と軍による逮捕。逆に軽いものであると罰金だな。

金が欲しくて傭兵やっているのに違反行為をして罰金払うなど本末転倒だ。

ただ、冗談でもそう考えたくなってしまう現状。

キュネイとデートをした翌日からも引き続き森に入って狩りを行っているのだが、ビッグラットよりも犬頭人(コボルト)と遭遇する頻度が急激に上がってきたのだ。今日だけでもすでに三体の犬頭人(コボルト)を狩っている。もちろん、犬頭人(コボルト)の討伐で報奨金は貰えるのだが、ビッグラット駆除の依頼を受けた以上、しっかりと完遂させたい。

にしても、本当に今日はビッグラットが見当たらないな。

「っと、相棒。もう一体追加。接触まで三秒」

「もうちょっと早く教えてくれませんかね！」

俺は焦りを抱きながら、振り向きざまに穂先を振るおうと槍を構えたが——。

それよりも早く、犬頭人（コボルト）を茂みの中から突如として現れた銀色の何かが断ち切った。

「うぇぇぇ!?」

断ち切られた断面から内臓やら血やらをまき散らす犬頭人（コボルト）。いったい何が起こったのか、俺はすぐには理解できなかった。

驚きのあまり槍を振るう直前の格好のままで硬直していると、飛びだしてきた何かとは見覚えのある人物であった。

会ったことは一度しかないし、会話らしい会話も一言二言程度。だが、銀色の髪に同じ色をした狐の形をした耳に臀部から揺れている尻尾。そして同性であっても羨むような女性的な魅力を孕んだ体躯に、一歩進むごとに揺れる豊かな胸元。その容姿は一度見ただけで強烈に脳裏に刻まれていた。

『銀閃』と呼ばれている、凄腕の女傭兵だった。

23 調査のようですが

　こちらに近付いてくる彼女の右手には抜き身の『剣』が握られていた。片刃で細長く僅かな反りがある独特の形状をしている。グラムの話によれば『カタナ』と呼ばれる剣だったか。犬頭人(コボルト)を真っ二つにしたのもあの手にしている『カタナ』によるものだろう。頼りなさそうな見た目に反して切れ味は確かなようだ。

　彼女はカタナを振るって血を払い、鞘に収めた。

　その動作だけでも様になって見えるのは、動きの所々が洗練されているからだろうか。思わず見入ってしまう。

「……何か言うことは？」

「いや、助けてくれてありがとう」

　剣を収める動作に見惚れてました、とはちょっと恥ずかしくて言えないし、素直に褒めたところで変な顔をされるだけだ。

　というか、銀閃は以前と同じでこちらにあまり好感情を持っていないような目つきだ。

「鼠殺しを止めて犬殺しに鞍替えしたのかしらね？」

「…………別に鼠殺しも犬殺しも名乗ってねぇっての」

「そう。弱いものいじめは相変わらずなの」

前回と同じで酷い呼ばわりだな。真っ正面から言われて、さすがに頬が引きつる。

『癇癪起こすなよ。言ったと思うが、喧嘩売ったところで逆立ちしても勝てねぇ相手だからな』

グラムの忠告もあり、背中の鞘に槍を収めながらもやもやも飲み干す。

「別に弱いものいじめをしているわけじゃなくて、組合から正式な依頼を受けてここに来てんだ。あと、俺は『鼠殺し』じゃなくて、ユキナって親から貰った名前がある」

「ユキナ、ね。弱い人の名前なんて興味ないですけど」

なんでこの女は初対面の時からこうも刺々しいのですかね。俺が平凡な忍耐の持ち主だったら、今頃殺し合いになってるぞ。

「あんたは二級傭兵の『銀閃』で良かったんだっけか？」

「好きに呼べば良いわ。最近だと銀閃(そっち)で呼ばれるほうが多いもの」

それもそれでどうなんだ、というツッコミを飲み込む。余計なことを言って彼女の心象を悪くしたくない。初っぱなから下落しているような気もするが。

「こんな場所になんの用で？　ここにはあんたみたいな腕利きが来るような珍しいもんはないぞ」

王都近郊に位置するこの森は規模こそそれなりだが、どちらかと言えば駆け出しの傭兵が狩り場にするような場所だ。出てきても五級傭兵が難なく倒せる程度の厄獣(モンスター)しか出没しない。二級の冒険者がわざわざ訪れるには少し場違い感が否めなかった。

「……依頼よ」

俺の問いかけに銀閃は憮然と答えた。どうやら本意ではない仕事を引き受けたようだ。腕の良い傭兵には組合や個人から直接依頼が寄せられるようだから、彼女がこの場にいるのもその口だろう。

「……まったく、こんな雑魚しか出てこない森の調査なんて、こいつみたいな雑魚傭兵に任せれば良いのに」

銀閃は斜め下を見ながらぶつぶつと呟き始める。ちょっと、聞こえてるんですがねおい。

『調査……ねぇ』

(グラム?)

呟きが気になった俺は背中の槍を見た。

「ところで、前々から気になってたのだけれど」

文句を垂れていたはずの銀閃が唐突に顔を上げた。

「……え、俺に聞いてるの?」

「この場には私とあなた以外にいないでしょう」

何を馬鹿なことをと言わんばかりの顔だ。本当はもう一人——というか一本いるんだけど、それを口にするとただの〝頭が変な人〟にされるので黙っておこう。

「あなた、なんで槍なんてマイナーな武器を使ってるの？」

『相棒！　この女、俺様に喧嘩売ってるぞ！　特売で買い叩いてやれ‼』

落ち着け。お前がキレてどうすんだ。というか買い叩いても結局死ぬのは俺なのだぞ。

グラムの怒号を文字通り背中に受けつつ、俺は頭を掻きながら答えた。

「そりゃ自分に合ってると思ってるから使ってんだ」

「この国の男性は皆が皆、剣を好んで使っていると聞いてるわ」

「俺の周りでも、俺以外に槍を使っている奴はまったくいなかったな」

「知ってる？　あなた、組合の中で評判悪いわよ。ビッグラットばかりを好んで狩る、〝腰抜け槍使い〟って」

「あー、故郷でもちょっと似たようなこと言われたことあるなぁ。ここでも言われてんのか」

剣と槍はその間合い（リーチ）が圧倒的に違う。素人二人がそれぞれ剣と槍を持って戦えば、おおよその場合は槍が勝つ。槍は剣の間合いよりも外側から攻撃できるが、剣は槍の間合いを掻い潜ってからでないと攻撃が届かないからだ。

勇者伝説で語られる勇者は、常に剣を携え、どんな敵にも勇敢に立ち向かう描写（シーン）が多い。それに比べて槍を使うのは安全な距離から戦う卑怯者であると、村の住人から言われたことがある。

「あなた……そんなことを言われて悔しくないの？」

銀閃のご機嫌が、どうしてか斜めになっていた。

少しだけどう答えるかを迷ったが、俺は正直なところを述べる。

「悔しいとか、そんなの考えるのが面倒くさい」

それに、人気や評判で命を預ける相棒（ぶき）を変えるなんて冗談ではない。

「……そう。聞いた私が馬鹿だったわ」

そう言って、銀閃は俺に背を向けた。

「私はもう行くわ。こんなところで手間を掛けていたら日が暮れてしまうもの」

一方的に言い切ると、銀閃は尻尾を揺らしながら森の奥へと消えていった。

……話振ってきたのお前じゃん、というツッコミを心の中で叩き付けておく。

しばらくして、銀閃の姿が完全に見えなくなってから、俺は肩を竦めた。

「なんだったんでしょうかね、アレは」

「ありゃ本質的には傭兵じゃなくて〝武芸者〟だな」

「なにそれ？」

グラム（こいつ）といると新しい単語や知識に事欠かないな。

「腕っ節を活用して稼ぐ傭兵と違って、己の腕を磨くことこそに意味を見出す奴らのことさ。

この手の輩は己の武を貶（けな）されることを何よりも嫌う」

「……俺とは真逆じゃね？」

「誹謗（ひぼう）中傷を完全にスルーしてる相棒とはまさに水と油だな。あの狐ッ娘（キツネこ）も相棒のそんな所が癪に障ったんだろう」

「あー、だから絡んできたのか」

槍を使っていることよりも、馬鹿にされていることを放置している俺に苛立ちを覚えていたのか。ビッグラットばかりを狩っているって点もあるだろうが。

「……根は悪い奴じゃなさそうだけど」

「おいおい、今の会話でどこにその要素があったんだ」

「だってほら。さっき後ろから犬頭人（コボルト）が襲いかかってきたとき、助けてくれたじゃん」

「そいつはちと希望的観測と思うがね」

それはともかくとして、そろそろ俺は俺の本分を再開しようか。今日は森に入ってからまだ一匹もビッグラットを狩っていないのだから。

「今日中に終わらせなきゃならんわけでもないけど、せめて一匹か二匹ぐらいは狩りたいところだけど――」

「そのことなんだが相棒。今日の所はあと少し森の中を巡ったら早めに切り上げよう」

「どうしたよグラム、急に」

「俺の杞憂なら問題ないんだが。とにかく、あともう少し経っても何も出てこなかったら引き上げてくれ。頼む」

「……分かった」

グラムの深刻な様子に、俺は深く問わずに頷いた。相応の理由があるのは言葉に含まれる重みだけで推し量れたからだ。

24 増えすぎたようですが

――それからおよそ三十分後。

「犬頭人(コボルト)多すぎぃぃ⁉」

槍を振るいながら俺は絶叫した。この瞬間にも犬頭人(コボルト)を一体仕留めるが、これまで十を超える犬頭人(コボルト)と遭遇し、撃退していた。

しかもこれで終わりではなかった。

「おいグラム！　次は⁉」

「右前から一匹！　その後に真横からもう一匹‼」

後から後から犬頭人(コボルト)が出現しては、俺に向かって襲いかかってくるのだ。いくら単体では弱い部類に入る犬頭人(コボルト)であろうとも、こうも波状的に来られてはたまったものではない。

「畜生！　もう少しとか言わず、さっさと退散してりゃ良かった！」

「今さら後悔したって遅ぇよ！　良いから手ぇ動かせ！　森の奥に持ってかれた奴らと同じ末路を辿るぞ！」

「それを言わないでくれ、俺の正気度がゴリゴリ削れるから！」

俺の周囲は絶命した犬頭人(コボルト)から流れ出た血が溢れ、地面が赤く染まっている。だというのに、犬頭人（コボルト）の死体はほとんどない。

その理由は、襲いかかってくる犬頭人（コボルト）の一部が俺ではなく死んだ仲間コボルトを咥えて森の奥へと引き返していく。

最初は何をしているのかと思っていたのだが、ある瞬間に目撃してしまったのだ。

死んだ犬頭人（コボルト）の死体を、同じ種族であるはずの犬頭人（コボルト）が貪り食っている場面を。

そいつは森の奥へと運ぶ手間すら惜しみ、その場で仲間に牙を突き立て肉を咀嚼し骨を噛み砕いていた。

つまり、森の奥へと持って行かれた犬頭人（コボルト）の死体もやはり、仲間であるはずの犬頭人（コボルト）に喰われたのだろう。

その光景を想像してしまい、体力だけではなく精神的にも辛い状況になってしまった。

「つか、何（なん）なのこれ何（なん）なんですかこれ、何なんでしょうかねこれ!?」

「三段活用!?　……意外と余裕あるな、相棒」

「うるせぇ、溶鉱炉に叩き込むぞ‼」

「たまに理不尽だなこの相棒!?」

なんてやり取りをしながら、ひたすら犬頭人（コボルト）を返り討ちにし犬頭人（コボルト）の食料を量産していくという悪夢のような戦闘がしばらく続く。

もう見渡す限りに犬頭人（コボルト）の血で悲惨な状況になった頃、ようやく襲撃の波が収まった。

散らばっているのは血だけではなく犬頭人(コボルト)の内臓やらなんやら、もうとにかく悲惨な光景。

俺は血に染まっていない場所まで歩くと、ほとんど倒れ込むように地面に腰を下ろした。

「ちょ、ちょっと休憩……マジでつらい。主に精神が」

「時間が経てば、また犬頭人(コボルト)の大津波(ビッグウェーブ)が来るからな。そう長々と休めはしないぞ」

「わぁってるよ」

グラムの言葉に同意はしつつも、俺は荒れた呼吸を整えようとゆっくりと息をする。嗅覚は麻痺していて良かった。そうでなかったら眼前に広がるグロテスクな光景と合わせて、胃の内容物をぶちまけてしまいそうだ。

「なんなんだよ、本当にまったくもう」

「こりゃ〝スタンピード〟が起こり始めてるな」

「すたんぴーと?」

聞き慣れない単語に首を傾げる。

——厄獣暴走(スタンピード)。

厄獣(モンスター)が一定地域内で通常ではあり得ないほどの数に膨れあがった場合に発生する現象を指している。

何か特定の厄獣(モンスター)が、というわけではなく、とにかく厄獣(モンスター)が多くなりすぎるとこの厄獣暴走(スタンピード)が発生するのだという。

グラムの話に耳を傾けるが、俺はまたも首を傾げた。

「暴走って……ちょっとやんちゃしたい年頃なのか？」

不良たちが徒党を組んで、行き場のない若い衝動を発散したいのか？

「なわけぇねぇだろ。原因は〝食料〟だよ」

厄獣（モンスター）の個体数が膨れあがる要因は様々だ。だが数が増えれば必ず加速度的に消費が増え結果的に不足してしまうものがある。

厄獣（モンスター）も生物である以上、必ず必要なもの。

食料だ。

「本来、個体数が増えすぎたところでそいつは一時的な現象に留まる。結局は食糧不足で食いっぱぐれる個体が増えて、そいつらの大半は餓死する。だから大概の場合は深刻な状況にはならねぇ。けど、この前までこの辺りには格好の餌が溢れてた」

「……ビッグラットか」

「その通りだ」

本来なら餓死するはずの個体をも生存させるほどに、この森には大量の食料ビッグラットがいた。

そして、死ぬはずだった犬頭人（コボルト）もさらに繁殖行為を行い、結果として大量の犬頭人（コボルト）が生まれた。

「厄獣暴走(スタンピード)ってのはつまり、腹を空かせた犬頭人(コボルト)の集団が餌を求めて大暴走を起こすことなのさ」

　ビッグラットが一切見当たらないのも、増えすぎた犬頭人(コボルト)に根こそぎ食い尽くされたからだ。そして、食料が激減したことによって逆に飢餓に襲われ、普段よりも凶暴化した犬頭人(コボルト)が急増したのだ。

「もしかして、俺って――」

「犬頭人(コボルト)にとっちゃぁ腹が減って正気を失いかけてたところに、ほいほいやって来たご馳走ってところだな」

　犬頭人(コボルト)が仲間を貪っている光景をまた思い出してしまいゾッとした。万が一があれば、あそこで喰われていたのは犬頭人(コボルト)ではなく俺だったのかもしれない。

「犬頭人(コボルト)がいったん引いたのはもしかして」

「相棒が殺した犬頭人(コボルト)が餌代わりになって、他の犬頭人(コボルト)に供給されたんだろう。だから相棒をわざわざ襲う必要もなくなったってわけだ」

「うげぇ……」

25 雄叫びが聞こえたのですが

「さて、少し話し込んじまったが、体力はどうだ？」

「十分に回復したよ。今までの話を聞いてたら一分一秒でもここから逃げ出したくなった」

今の俺は犬頭人（コボルト）の餌場にいるのにも等しい。先ほど来た以上の数に同時に襲われたら今度こそ危うい。俺は槍を支えにして立ち上がった。いつ襲われても迎え撃てるように手に携えたままだ。

グラムの説明を聞いていて気がついたことがあった。

「なぁグラム。もしかして厄獣暴走（スタンピード）が起きたのって俺のせいか？」

俺がこの森で狩ったビッググラットの数は相当な量に上る。異常、と言っていいほどだろう。厄獣暴走（スタンピード）が厄獣の食糧難を発端にするなら、その一端を担っているのは間違いなく俺だ。

「いんや、そうとも限らねぇ」

ところが、グラムの答えは俺の予想に反していた。

「確かに、そう遠くないうちに厄獣暴走（スタンピード）は起こるとは踏んでた。けど、相棒の介入があったとはいえ、こんなに急激に状況が悪化するはずがねぇ。おそらくは……」

——オォォォォォォォォォォォォォッッッ‼

グラムの言葉を遮るように、森の奥から雄叫びが轟いてきた。そのあまりの音は衝撃すら伴っていそうで、草葉がざわざわと揺れた。

「おっと、噂をすればなんとやらだ」

「おい、今のは――」

「説明は後だ。それよりも、逃げるぞ相棒。〝アレ〟は今の相棒の手には余る。何事も命あっての物種（ものぐさ）だからな」

今の雄叫びを耳にした瞬間、心臓を鷲掴みにされたような気分になった。俺の純粋な生物としての本能が警鐘を鳴らしているのだろう。

グラムの言うとおり、一刻も早く、この場から離れた方が身のためだ。

身のため――なのだが。

「……ちょっとまて、あっちって確か」

俺は雄叫びが聞こえてきた方角に目を向けた。

――私はもう行くわ。こんなところで手間を掛けていたら日が暮れてしまうもの。

脳裏に、最後に交わした会話が蘇る。彼女はその後、まさにあの方角へと進んでいったではないか。

俺はここで彼女が漏らした〝調査〟という単語を思い出してハッとなる。

「もしかして銀閃の依頼って」

「こんな森の中に二級の傭兵が出張ってくる依頼だ。十中八九、厄獣暴走(スタンピード)の兆候を調査しに来たんだろうさ」

俺は森の奥を睨むように見据えた。

「やめとけ。あの雄叫びの主は、下位の傭兵じゃ手に余る。万が一に備えて腕利きの二級傭兵を派遣した組合の判断は正しい」

「…………………」

「って、ちょっと相棒⁉」

俺は森の奥へ――雄叫びが聞こえた方角へと走り出していた。

「今の聞いてたのか、相棒‼　下位の――傭兵になりたての相棒が行っても骨まで美味しく頂かれるだけだぞ！　引き返せ‼」

グラムの必死の声が聞こえてくるも、俺の胸中に渦巻く〝衝動〟がそのすべてを撥ね除け、足を急がせた。

「――――っ、これは」

俺が〝そこ〟に辿り着くと、まず初めに大量の犬頭人(コボルト)が目に飛び込んできた。

その渦中には予想通りに狐耳の獣人――銀閃の姿。彼女の周囲には躯を両断された犬頭人(コボルト)が打ち捨てられている。

そして、その彼女の側に俺の予想を遙かに超える存在がいた。

単純に外見だけを鑑みれば犬頭人（コボルト）そのもの。ただ、犬頭人（コボルト）が人間の半分程度の大きさとすると、銀閃と対峙している犬頭人（そいつ）は彼女よりも遥かに巨大であった。

「犬頭王（コボルトキング）……やっぱりいやがったか」

グラムは納得するように呟いていた。

「さっきも言ったが、俺ぁ厄獣暴走（スタンピード）が本格化するのは、もっと後だと踏んでた。相棒が犬頭人（やつら）の食料であるビッグラットを減らしていたとしてもな。だからもうこの森で少し粘れると思ってんだが……」

「けど、実際に起こってるわけで」

「その原因があのデカブツだ」

コボルトキングは犬頭人（コボルト）の群れの中に突然生まれ落ちる変異種。

通常の犬頭人（コボルト）に比べて遙かに巨大で強大な力を秘めており、生まれ落ちた瞬間にその群れの『王』となる。

他の個体を遙かに上回る巨体に成長することもそうだが、何よりも脅威的なのは異常とも呼ぶべき繁殖能力だ。

「犬頭人（コボルト）の交配は、妊娠から出産まではおよそ三ヶ月。けど、あのコボルトキングと交わった雌は、妊娠してからわずか一ヶ月足らずで出産にまで至る」

つまり、平時と比べて三倍のペースで繁殖が行われるということ。三倍のペースで増える犬頭人(コボルト)の幼体を許容できる餌(ビッグラット)がこの森の中に溢れていたこと。

　この二つが厄獣暴走(スタンピード)を招いた。

「下手をするなよ、相棒。犬頭人(コボルト)ならともかく、あのデカブツに目を付けられたら今の相棒じゃ確実にお陀仏だからな」

「…………奴さんら。隠れてるとはいえ俺らのほうに見向きもしねぇな」

「銀閃がぶちまけた犬頭人(したい)の血臭で鼻が馬鹿になってるのと、銀閃そのものに意識が集中してるからだろうな。物陰から窺うには好都合だ」

　数の上では明らかに勝っている犬頭人(コボルト)が中央の両者を見守るようにして動かない。果敢に攻めた先方が即座に物言わぬ亡骸に成り果てる様を見て、空腹や敵愾心(てきがいしん)よりも恐怖心が勝ったのだろう。

　それにしても、厄獣(モンスター)と相対しているのにどうして銀閃は剣を抜いてないんだろうか。あの美しい細身の剣は今は腰の鞘に収まっている。彼女は剣の柄に手を置いているだけだ。

　草陰に隠れて状況を窺っていると、コボルトキングが動き出した。

　先ほど聞いたような雄叫びを発すると、巨体に見合った鋭い爪を備えた腕(かいな)を振るう。

　銀閃は特に焦った様子もなく軽く横に移動して巨腕を回避する。空を切った腕はそのまま地面に追突し、激しく土埃を巻き散らす。爪は深々と大地に突き刺さっており、その鋭さを物語っていた。

厄獣（モンスター）の攻撃を避けた銀閃。

その側で銀の光が一瞬だけ閃いた。

次の瞬間、コボルトキングの腕から血飛沫が舞った。よく見ると、腕の半ばに一直線の傷跡が穿たれていた。

26 銀の光のようですが

「ああ、なるほど。銀閃ってそういう意味か」

目を丸くする俺とは対照的に納得したふうなグラム。

その後もコボルトキングは銀閃を葬り去ろうと何度も腕を振るい爪で引き裂こうとするが、銀閃は落ち着いた様子でそれらを回避。その合間に銀の閃光が煌めき、その都度、コボルトキングの体躯に傷が増えていく。

おそらく、あの銀の光が原因なのだろうが――。

「カタナを鞘から引き抜く動作とそのときの手首の返しを利用して、通常よりも格段に速い剣速を得てるんだ。相棒が辛うじて捉えてるのは抜刀されたカタナの残像だ」

銀閃とはつまり、恐るべき速さで振るわれるカタナの〝煌めき〟から取られているのか。遠目から見ているから辛うじてあの光が見えているが、おそらく相対しているコボルトには視認できていないのではないだろうか。

時が進むにつれて傷が増えていくコボルトキング。対して奴の豪腕は一度たりとも銀閃に届いていていない。

状況は銀閃の優勢。誰がどう見ても彼女の勝利は揺るぎない。

「…………」

だが、俺の胸中にはいまだ不安があった。

「……このままじゃマズいな」

グラムが不穏な言葉を漏らす。

「さすがは二級傭兵って言いたいところだが、これ以上に戦闘が長引くとヤバいぞ」

「ヤバいって、銀閃が優勢じゃ……」

「俺の予想が正しければ――」

先を聞く前にコボルトキングがひときわ大きな悲鳴を上げた。見れば、コボルトキングの左目が深く切り裂かれ、血が溢れ出している。左目の視力は確実に失われたことだろう。

左目を押さえながら後退るコボルトキング。

それを好機と見たのか、銀閃は一気にケリを付けようと腰を深くし踏み込みの溜（ため）を作る。

だが、銀閃が駆け出すよりも早くにコボルトキングが咆吼（ほうこう）を発した。今まで聞いた中で一番に大きく、そして魂を揺さぶるような轟き。

気勢を削がれたのか、銀閃の踏み込みが止まった。

「馬鹿野郎！　そこで踏みとどまってんじゃねぇぞ狐ッ娘（キツネこ）‼」

それを見たグラムが焦燥感を含ませた叫びを上げる。

グラムの声が届いたのか、銀閃が驚いたようにこちらを振り向いた。だが、俺たちに対して何か反応を示すよりも早くに状況が激変した。

それまで立ちすくむように銀閃とコボルトキングの戦いを傍観していた犬頭人（コボルト）たちが、いっせいに銀閃へと殺到しだしたのだ。

突如として襲いかかってくる犬頭人（コボルト）たちに銀閃は驚くも、すぐさま手近に迫っていた何頭かを血祭りに上げる。だが、波のように押し寄せてくる犬頭人（コボルト）のせいで最大の敵であるコボルトキングへの道が絶たれてしまった。

「なんでこんな急に⁉」

この瞬間にも犬頭人（コボルト）たちは銀閃によって殺され続けているというのに、仲間の屍を踏み越えてさらなる犬頭人（コボルト）が銀閃に襲いかかる。俺のときと似たような状況だが、決定的に違うのは犬頭人（コボルト）のどれもが死んだ仲間の遺体に見向きもしないこと。

厄獣暴走（スタンピード）が起きている以上、奴らの根底にあるのは飢餓による食欲のはずなのに、足元の餌よりも銀閃へと自殺紛いの特攻を優先させていた。

「あのデカブツが手下どもをけしかけたんだよ！」

「けしかけるって、さっきまで明らかにあいつら銀閃に恐怖（ビビっ）してただろ！」

「その恐怖をコボルトキングの支配権が上書きしたんだよ！」

そうか。コボルトキングの脅威的な繁殖能力によって増えたのならば、この場に存在している犬頭人（コボルト）の大半がコボルトキングの子供。そしてさっきの咆吼はその手下たちに指示を送るためのモノだったのか。

「って、子供に特攻させる親とか鬼畜か!?」

「厄獣(モンスター)に親子の愛情とかあるはずねぇだろ‼」

言い争いに近いやり取りをしている最中にも、犬頭人(コボルト)は銀閃に襲いかかる。

一対多数の状況であっても銀閃は次々と襲い来る厄獣(モンスター)を切り捨てていく。傭兵としての活動の中に、似たような状況もあったのだろう。遠目から見る限り、その動きによどみはない。

「いや、徐々に動きが悪くなってきてる」

「やっぱり、あれだけの数を相手にしてりゃぁ体力も削られる」

「それだけじゃねぇ。得物の問題だ」

得物って……カタナのか？

「カタナは質量で叩き切るんじゃなくて、鋭さで切り裂く性質(タイプ)の剣だ。こうも大量に犬頭人(コボルト)をぶった切ってりゃぁ、いくら使い手が腕達者でも血糊でカタナの切れ味が鈍ってくる」

よく見れば、銀閃の表情は徐々に険しさを帯び始めていた。それも、犬頭人(コボルト)を断ち切った直後がひときわ険しい。おそらくグラムの言葉が正しいのだろう。

そして――。

「――――ッ⁉」

それまで淀みを一切見せなかった銀閃の動きが止まる。振るった一太刀が犬頭人(コボルト)の躯を両断することなく、半ばで止まってしまったのだ。

銀閃は歯噛みをし、犬頭人(コボルト)の躯に足を引っかけ、力任せに刃を引き抜く。躯の半ばまで刃を食い込まれた犬頭人(コボルト)は息絶えたものの、その後にさらに襲いかかる犬頭人(コボルト)への対応が遅れる。

態勢を立て直そうと必死の形相になる銀閃に、大きな影が覆い被さった。

度重なって襲いかかってくる犬頭人(コボルト)と武器の不調に気を取られ、本命であるコボルトキングの接近に反応できなかったのだ。

「マズい‼」

俺は咄嗟に声を発していた。

コボルトキングは腕を振り上げ、ようやく振り向いた銀閃へと腕を叩き付けた。辛うじて飛び退いてコボルトキングの腕を避ける銀閃。一方で逃げ遅れた犬頭人(コボルト)の数体が豪腕の振り下ろしに巻き込まれ、肉片を撒き散らしながら叩きつぶされた。

転がるようにして地面に着地した銀閃はすぐさまコボルトキングのほうへと向き直り、剣を構えようとする。だが、立ち上がろうとする寸前でがくりと膝を屈した。

「やべぇぞ相棒！　今ので足をやられやがった！」

銀閃の足を見れば、太ももの辺りが真っ赤に染まっていた。銀閃の歯を食いしばっている表情から、決して浅くない傷だと分かった。

手下の血で腕を真っ赤に染めたコボルトキングが、地面に食い込んだ爪をゆっくりと引き抜くと銀閃に近付く。

銀閃はどうにかその場から離脱しようとするが、犬頭人(コボルト)が襲いかかる。足が使えない以上、カタナだけを振るって犬頭人(コボルト)を迎え撃つが、その場から離れることができない。

「————ッッ‼」

——気が付けば、俺の躯は動いていた。

27 ビビったら負けのようですが

「ん？　え？　ちょっと待って相棒。何やってんだおま――」

「だらぁぁぁぁぁぁぁぁぁぁぁ‼」

正面に待ち受ける無数の犬頭人(コボルト)。足が竦みそうになるのを気合いの声で叱咤し、槍を振り回しながら突貫した。

背後から突如として現れた俺に犬頭人(コボルト)たちは大きく戸惑う。その隙に俺は我武者羅に槍を振るい犬頭人(コボルト)の壁を押しのけ、一目散の銀閃の元を目指す。

「相棒、無茶だ‼」

「うるせぇ！　黙ってろ‼」

目前の犬頭人(コボルト)をひたすらに切り裂き貫き薙ぎ払っていく。途中で犬頭人(コボルト)の爪が躯を掠めるも、お構いなしに突き進む。

銀閃とコボルトキングの距離はもはや零に近い。

目から血を流し、憤怒の形相で銀閃を睨み付けるコボルトキング。

最初は気丈に睨み付けていた銀閃だったが、振り上げられた豪腕を目にするとふっと肩から力を抜いた。

そのとき、俺は見た。

銀閃の何もかもを諦めたかのような顔を。

――バチリと、俺の中で何かが弾けた。

気が付けば、俺は犬頭人（コボルト）の囲いを突破。俺はその勢いのままに槍を大上段に構えた。

「こっち向け、デカブツがぁぁぁぁぁぁっっ‼」

槍の穂先が、腕を振りかぶり無防備を晒す胴体へと吸い込まれる。

だが――腕に返ってきたのは肉を絶つ感触ではなく、岩を叩いたような硬質な反動だった。

「って硬（か）った⁉」

刃はコボルトキングの肉体に食い込まず、その表面へわずかに食い込むだけで終わっていた。

驚いていた俺は、不意に倒れたままの銀閃と目が合った。

質は違えど、彼女も俺と同じく驚愕に目を見開いた顔をしていた。

「ぼさっとすんな、相棒！」

「え――おわぁっ⁉」

振り上げられていたコボルトキングの豪腕が、銀閃ではなく俺に向けられる。あわやというところで迫る爪を回避するが、至近距離での振るわれた剛力の風圧に耐えきれず、俺の躯は後ろへとバランスを崩す。

「抗うな！　そのまま跳んで転がれ‼」

叱責にも近い声に反射的に従い、倒れる直前に後ろへ飛び退き、地面に倒れ込みながら勢いに任せて転がる。単純に倒れるよりもコボルトキングとの距離が離れることとなり、その空いた場所に再度豪腕が振り下ろされた。

「助かった、グラム！」

「お礼は後にしろい！　それよりも、こうして前に出てきたって事は何か考えがあるんだよな！　あると言ってくれ‼」

「……どうしようっか」

「やぁっぱり考え無しか、ど畜生⁉」

そうこうグラムと言い合っているうちにコボルトキングの咆吼が空気を震わせた。

「————ッ！」

「相棒！　こうなった以上、少しでも萎縮したら一気に追い込まれるぞ！　気ぃ入れて踏ん張れ‼」

後ずさりしそうになる足だったが、どうにか踏みとどまる。

怯まない俺に対してコボルトキングはもう一度吠え、腕を振り上げながら突進を仕掛けてきた。

巨体に似合わぬ————いや、巨体だからこその筋力から繰り出される突撃は凄まじい速度だ。グラムの言うとおり、萎縮していたら反応が遅れていただろう。

横に飛び退いて回避をしながら、すれ違い様に穂先を振るう。しかし、やはり返ってきたのは硬質な感触。刃が肉に食い込まずに表面をなぞるだけに終わった。

「硬すぎだろぉっ⁉」

銀閃の斬撃は、あれだけ容易く切り裂いていたのに！

歯噛みする中、コボルトキングが我武者羅に腕を振るう。直撃すれば瞬時に俺の躯が物言わぬ肉塊へと変じる。俺は恐怖で縮こまりそうになる躯を必死で動かし、迫り来る巨腕を避けていく。

その合間に何度も槍を振るって攻撃を仕掛ける。

攻撃は届く。槍の持ち味である間合いの広さが、辛うじてコボルトキングの腕の長さを上回っているからだ。

遠目からでは分かりにくかったが、コボルトキングの攻撃は速い。巨体うえにのっそりとした動作と思いきや、間近でそれを振るわれていると銀閃の体術が俺の数段——数十段上のレベルに昇華されたモノだと身を以て理解させられる。これが剣であれば、とてもではないが反撃すらままならなかっただろう。

——だが、どれもがコボルトキングの表皮に阻まれて意味を成さない。

「おいグラム！　刃ぁ通らねぇぞ‼」

「誰がナマクラじゃボケェエエエッッ‼」

槍に悪態をついていたところで、どうにもならないことは俺自身も承知していた。

コボルトキングの攻撃を紙一重で回避し、なおかつ反撃をも可能としていたのは銀閃という傭兵の技量があってこそなのだ。それこそ、これまでずっと農民をしており、先日に傭兵になったばかりの俺では無理な芸当だ。

「やべぇ！　狐ッ娘が‼」

グラムが慌てた声を発した。

そちらを見やれば、銀閃の下に複数の犬頭人がにじり寄っている場面だった。手負いになったことで銀閃を格好の獲物と判断したのだろう。

銀閃はまだ足の怪我で立ち上がれないようだ。手に持ったカタナをどうにか犬頭人たちに向けるが、表情は苦悶に満ちていた。

「くそっ、けどこっちも手が離せねぇ――」

「相棒っ！　ナイフ投げろ！　左目だ！」

瞬時にグラムの意図を悟った俺は獲物解体用のナイフを腰から抜き取ると、コボルトキングへと投げ放つ。

単純に投げただけでは軽く腕で払われるだけだったろうが、ナイフの切っ先はコボルトキングの潰れた左目へ向けられている。コボルトキングは左目を切り裂かれた痛みを思い出したのか、迫り来るナイフを仰々しい動作で弾き飛ばした。

「今だ相棒‼」

グラムが声を発する前に俺は駆けだしていた。

あわや犬頭人（コボルト）たちが銀閃に飛びかかる寸前で、俺は両者の最中に割り込む。

「去（い）ねやぁぁ！」

槍の間合いと遠心力を利用して、銀閃に近付いていた犬頭人（コボルト）たちを纏（まと）めて薙ぎ払った。

「無事か、銀閃！」

「あ、あなたは――」

振り返った先に膝を突いている銀閃は、怪我による出血で顔色こそ悪かったが、気はしっかり保っていた。

安堵する間もなく、狩りを邪魔された犬頭人（コボルト）たちが怒り狂ったように吠えると、俺に向けて殺到しだした。

「ちっ、いい加減に諦めてくれないもんかね！」

「極限の空腹とコボルトキングの命令で、まともな判断なんてできちゃいないだろうさ！」

ただ単純に俺だけに襲いかかってくるなら良い。問題は銀閃に飛びかかろうとしている奴らだ。

銀閃自身、動きは取れないが剣は振るえるようで、近付いてくる犬頭人（コボルト）をどうにか迎撃している。

やはりその場から動けないだけあり、一度に迎え撃てる数には限度がある。彼女が対処しきれない分を俺がどうにかフォローして犬頭人（コボルト）を叩き切っていく。

そして――そのフォローが致命的な隙を生んだ。

「――ッ!?　相棒っ、後――」

気が付いたときには巨体が背後側（すぐ）まで接近していた。銀閃に意識を向けすぎて、本当に危険な存在へ注意が逸れてしまっていたのだ。

――次の瞬間、俺の躯は力任せの豪腕に吹き飛ばされていた。

わずかながら宙に浮かぶ奇妙な感覚が躯を支配し、それから一秒もしないうちに重力に引かれて背中から地面に叩き付けられた。

自分が生きていることを、背中の痛みで認識した。どうやら、槍での防御が功を成したらしい。でなければ俺の躯はコボルトキングの腕と爪で無残な状態になっていたに違いない。

――ただし、命を拾った代償は決して安くはなかった。

手元にあるはずの槍がどこにも見当たらない。今の衝撃で森の中へと弾き飛ばされたようだ。

「いぎっ――――っ」

身を起こそうと左腕に力を込めたところで、背中の痛みを遙かに凌駕する激痛が走った。

改めて見てみると、左腕は無事なところが見当たらないほどにズタズタに抉られていた。腕としての形をどうにか保っているといった体だ。

――ちょっと詰んでるな、これ。

「何を……」

すぐ側から、銀閃の力ない声が届いた。奇しくも、俺の躯は彼女の近くにまで飛ばされていたようだ。

「何をしに来たの……あなたは」

「見てわからねぇのか。助けに来たんだよ」

その割には絶体絶命の危機に直面しているわけだが。

俺は無事なほうの腕でどうにか躯を支えて立ち上がる。

正面のコボルトキングは右腕の爪に俺の血と肉をこびり付かせ、こちらに近付いてきている。足取りがゆったりとしているのは、すでに己の勝利を確信しているからか。あるいは俺たちの恐怖に歪む顔を拝みたいからか。

左腕は――駄目だ。激しい痛みが伝わってくるだけでぴくりとも動かない。

「馬鹿じゃ――ないんですか？」

「…………………」

「助けなんて呼んでないのに勝手に助けに来て、勝手に大怪我して……」

「ぐだぐだ……文句を言ってる暇があったら……打開策の一つでも考えちゃくれねぇか。俺ぁまだ死にたくないんでな」

痛みに声が途切れるも、絞り出すように言葉を返す。

「だったらどうして助けに来たんですか。飛びだしてこなければ、あなた一人でも逃げられたでしょうに」

「…………………」

それを言われると、ぐぅの音も出ない。

何せ、気が付いたら勝手に躯が動いていたのだ。

けど、こんな状況になってはいるものの、俺はその事に関して後悔していなかった。

「あなたは本来もっと考えが回る人間だと思ってました。あの状況で一人だけ逃げても、〝仕方がないこと〟だと、誰もあなたを責めはしない。なのにどうして……あんなことを言った私を――」

「そんなの――決まってんだろ‼」

銀閃は今、俺を〝考えが回る人間〟と言った。

――そいつは大きな勘違いだ。

逃げても責める奴がいない？

それは間違いだ。

あの場で逃げれば、俺は逃げた俺自身を激しく責めるはずだ。

俺は基本的に自分にとって本当に必要なこと、本当にやりたいことしかやらないし、やりたくない。それがたまたま、人様からすれば〝小賢しく（ズルく）〟生きているように見えるだけだ。

だから、剣ではなく馬鹿にされている槍を使うし、村で招集されても無視して厄獣（モンスター）の駆除に走り回ったし、路地裏で襲われてたお嬢さんを助けたし、極上の女を抱くために傭兵になり。

そして――こうして左腕を潰されながら銀閃を守るために立ち上がっている。

全部が全部、俺が必要だと思い、俺がやりたいと思ったことだ。

他人に何をこう言われたって関係ない。

誰かの評価なんてどうだって良い。

俺が従うのは、〝己の意思〟に他ならない。

誰かに用意された答えなんて、誰が選んでやるものか。

——俺は俺が成すべきと思ったことを、自らの意思で〝選択〟する。

だから俺は惑わずに答えた。

「助けたいと思ったから助ける！　女が危ない目に遭ってたら問答無用で助ける！　だから俺はここにいるんだ！　俺がそうするって決めたんだ！」

「なっ……そんな理由で」

「うるせぇ！　怪我人は黙って助けられてろ！」

啖呵は切ったが、実際のところは絶体絶命に変わりない。このままで俺たちは仲良くあのコボルトキング（デカブツ）の胃袋に収まることになる。

——そのときだった。

「くくくくく……」

どこからか、男の声が聞こえてきた。

「くくくくく、くかかかかか…………」

そいつは、笑っていた。

「くかかか、あっはっはっはっはっはっはっはっは‼」

心の底からの愉悦を堪えるような笑い声。

俺が最近よく耳にしていた奴の声だった。

「最高だぜ、相棒！　俺はお前みたいな奴をずっと待ち焦がれていた‼」

森の奥から木霊（こだま）するあいつの声は、偽らざる喜悦が含まれていた。

「その我欲！　その傲慢！　俺はここに、ユキナという男を真の主と認めよう‼」

ズクリと、痛みとはまた違った熱が左腕を駆け巡った。

左腕から発したそれはやがては全身にまで行き渡り、俺の躯の内側で暴れ回る。

「俺は汝の武器として汝と共に歩もう‼」

そして――。

「さぁ我が主（マスター）よ、呼ぶが良い！　汝の武器である俺の名を‼」

見れば、コボルトキングは目の前に立っていた。

高らかと振り上げられた爪が下されれば、俺の命は銀閃ごと引き裂かれ、叩きつぶされる。

だが、死への恐怖を上回るほどの熱量が、俺を支配していた。

迫り来るコボルトキングの腕に構わず。

――俺は唱えた。

「こい、グラムッッ‼」

俺の躯から〝黒い光〟が溢れ出した。

「――っっっだぁぁぁぁぁ‼」

俺は突然現れた〝そいつ〟を左手で握ると、技術も何もなく力任せに振るった。

コボルトキングの躯が先ほどの俺と同じように吹き飛ばされる。

俺の背後で銀閃が息を呑んだ。俺も同じ気持ちだ。

無我夢中で〝そいつ〟を振るったが、自身の数倍以上の体躯から繰り出される一撃を本体ごとはじき飛ばせると誰が予想できたか。

そして、振り切ってから俺は手の中にある〝そいつ〟の姿を確認した。

以前に武器屋で手に入れたときの、古ぼけた印象は完全に消失していた。

光を飲み込むように漆黒、紅蓮（ぐれん）を思わせる朱が混じった無骨で美しい槍。

穂先の根元に埋め込まれていた石が、今は爛々と輝きを発している。

この時になってようやく、俺は自身の左腕が動いていることに気がつく。

見るも無残な状態だったはずの腕は、それが嘘だったかのように綺麗さっぱりに完治していた。

——否、一つだけ違った。

「ここに契約は交わされた！」

左手の甲には、見たことのない痣が穿たれていた。

「選びし者よ！　汝はこれより『英雄』と成れ！　己が欲のために、己が義のために、己が覇のために！」

高らかな宣言が木霊する。

「我が名は『魔刃グラム』‼　『英雄』が振るいし刃成り‼」

29 それは英雄の第一歩

グラムを――黒槍を無我夢中で振った俺だったが、

「んがっ……!?」

改めて槍を構えた途端、両腕に強烈な痛みが生じた。

コボルトキングによってズタズタになった傷はなぜか完治していた。だがそれとは別に腕の芯に響くような痛みが駆け巡ったのだ。

あわや取り落としそうになるところを必死に堪えたが、両腕には〝とてつもない重量〟がのし掛かっているかのようだ。

「あっちゃぁ、いきなりでちょいと無理しちまったか」

「おいこのクソ槍、この痛みはお前が原因かよ――」

「おっとぉ。勘違いしちゃいけねぇ。相棒が今感じてる痛みは確かに俺が原因だが、根っこのところは相棒の実力不足だ」

「んだと？」

眉を顰める俺だったが、さらに言及する前に前方から地を踏みしめる音が聞こえてきた。

吹き飛ばされたコボルトキングは怒りの形相を浮かべ、うなり声を上げながらこちらを睨み付けていた。

　その右腕は、肘の辺りから爪先に掛けて真っ赤に染まり、地面に向けて力なく垂れていた。まるで、数秒前の俺の左腕だ。

「見てのとおり、状況が状況だから手短に説明するぞ。今の俺の能力は〝質量の操作〟だ」

「は？」

「俺ぁ今、人間二人分くらいの重量になってる。そんなのを全力で振り抜けば腕なんかイカれるわな。ま、痛み程度で済んで僥倖だわな。おそらく、契約の影響で肉体の〝限界（タガ）〟がぶっ飛んじまってるのと、相棒の素の腕力が俺の予想以上だったってことだな」

「理解が追いつかないんだけど‼」

「質問は後だ。俺の見立てじゃ、あのデカブツに通用する重量の俺を相棒が全力で振るえるのは――三回までだ」

「……三回を超えたらどうなるんだよ」

「それを超えたら、相棒の躯が俺の重量に耐えきれねぇ」

　いろいろな疑問はあれどそれらはぐっと飲み込む。

　俺は再度コボルトキングを見据え、そして口の端をつり上げた。

　今しなければならないことは明白。

　ならば迷う必要はどこにもない。

「行くぞグラム――あのデカブツをぶっ飛ばすっっ！」

「応っ‼」

俺とグラムが吠えるのと、コボルトキングが吠えたのは同時だった。

互いの気迫を正面からぶつけ合い、そして同時に地を蹴った。

一歩を踏み込むごとに、足に凄まじい負荷がのし掛かる。毛先ほどにでも力を緩めれば、崩れ落ちてしまいそうになる。

「ここで気張らんと漢じゃねぇぞ‼」

「簡単に――言うなよっ、うぉらぁぁぁぁぁ‼」

俺は気合いの絶叫を放ちながら黒槍を振り上げた。

コボルトキングの左腕と俺の黒槍――互いの得物が振り下ろされる。

――グギャアアアアアアッツッ‼

俺の黒槍がコボルトキングの左腕を爪先から肘に掛けて深々と切り裂き、骨まで両断すると穂先が地面に突き刺さった。厄獣（モンスター）の悲鳴が辺りに木霊する。

――ミシミシミシッ！

「――――ッ⁉」

対する俺も無事ではすまない。腕に限らず、全身から骨や筋肉の悲鳴が聞こえてきた。痛みのあまりに目尻に涙が浮かんでくる。

だが、泣き言を口にするのはまだ早い。

己の血で体毛を真っ赤に染めたコボルトキングが、俺が最初に潰したはずの右腕で薙ぎ払いを繰り出してきた。

「——っっ、がぁぁぁぁぁぁぁぁぁぁぁっっっっ‼」

地面に刺さった穂先を力任せに引き抜き、その反動を利用して下段から掬い上げるように黒槍を振るった。

肉と骨を断ちきる感触を手の平に感じ、それが消え失せると視界の端には本体から切り離されたコボルトキングの腕が飛んでいた。

——ビキビキバキッ‼

全身がバラバラになるような痛み。間違いなく、骨のいくつかが折れるか罅(ひび)が入っているだろう。激痛のあまりに意識が遠のきそうになる。

「まだ終わっちゃいないぞ、相棒‼」

ふらつく躯を黒槍で支えながら、足で大地を踏みしめる。

グラムの言うとおり、まだ何も終わっていない。

痛みで明滅する視界の中では、コボルトキングが未だに立ち上がっていた。

左腕は縦に切り裂かれ、右腕に至っては二の腕から先がない。それでも俺を見るその目は血走っており、気勢がいささかも衰えていない。

両腕はなくとも、奴には最後の武器が残っているのだ。

「相棒、分かってるな？」

分かってるさ、グラム。

俺はもう、ろくに動ける体力が残されていない。

動けるのはほんの一振り程度だ。

――それでも、だ。

俺は横目で背後を窺う。

銀閃はポカンとした顔でこちらを見ている。その表情から、彼女が今何を考えているのか俺には判断付かなかった。

俺はそんな彼女を見て口の端をつり上げていた。

コボルトキングが最後に残された武器――己の牙を剥き出し、猛然と突進してきた。

もう足を踏み出す体力すら惜しい。あちらから近付いてきてくれるのだからありがたい話だ。

俺は中腰に槍を構えた。

全身が悲鳴を上げるが、少しくらい我慢してくれ。

――女の子が見てるんだ。ここでへばってたら漢が廃る‼

「良いか、よく聞け相棒」

接近してくる巨体を前にして、俺の耳にグラムの声が届く。

「大事なのはタイミングと――」

俺の頭を噛み砕かんと迫る顎を、身を屈めて回避。

「正確性と――」

黒槍の穂先がコボルトキングの左胸に狙いを定める。

――そして！

「「気合いっっっだぁぁぁぁぁぁぁぁぁぁぁぁ‼」」

俺とグラムの叫びが重なり合い、最後の一撃を解き放つ。

ズドンッッッッッ‼

俺が繰り出した全身全霊を懸けた渾身の突きは、コボルトキングの左胸――心臓を周辺の肉体ごと吹き飛ばした。

生物として最も重要な器官を失ったコボルトキングは、わずかに身じろぎした後、ゆっくりと地面に崩れ落ちた。

巨体の下敷きにならないようにどうにか身を避けた俺だったが、それが限界。全身から力が抜けて崩れ落ちそうになる。

「おい相棒、大丈夫か？」

「まだ……だ」

「ちょっ、無茶するな！」

悲鳴を上げる躯に鞭を打ち、どうにか立ち上がろうと踏ん張る。

今倒したのは群れの〝長〟でしかない。

俺たちはまだ犬頭人（コボルト）の包囲網の真っ只中。今奴らが動かないのは、長が倒された衝撃で動揺が広がっているだけだ。

時間を掛ければ再び飢餓を思い出し、俺たちに襲い掛かってくるはず。

「今の相棒は外見は無事だが、中身はボロボロなんだぞ‼」

「だからって、ここで結局〝犬の餌〟になっちまったら、笑い話だろうが」

「いいから寝てろ！　もう間に合ったんだからよ‼」

何がだ——と言葉を続ける前に。

コボルトの包囲網——その向こう側から、厄獣（モンスター）の悲鳴と人間の怒号が響いてきた。

「いつの世も正義の味方は遅れてやってくるってこった‼　ま、最大の見せ場は相棒が奪っちまったけどな‼　あっはっはっ‼」

もしかして、援軍が来たってことなのか？

やがて、弾かれるように包囲網の一角が突破される。

姿を現したのは、見慣れぬ鎧を身にまとった、見慣れた顔だ。

「おお、なんだお前だったのか」

「なっ、どうして君がここに⁉」

――勇者レリクス。

この場に居合わせるのに最も相応しい人物だった。

その背後には、多数の王国兵士がコボルトたちの掃討を開始していた。

銀閃に目を向けると、彼女の下にはすでに王国兵士の一人が駆けつけており、その足に手をかざしている。兵士の手が光っていることから回復魔法を掛けているのだろう。

どうやら、もう大丈夫のようだ。

緊張の糸がプツリと切れたのか、俺の意識が急激に遠のいていった。

最後に、こちらを見る銀閃の顔が泣き出しそうになっているのが気になったが――そこで俺の意識が途切れたのだった。

side fencer（前編）

私は銀閃。本来の名は別にあるが、近頃はこちらのほうが呼び慣れている。勝手に付けられた〝二つ名〟ではあったが嫌いではない。

今は一介の傭兵であるが、本来の私は武の道を究めんとする求道者——『武芸者』だ。出身はここから遠く離れた僻地であり武者修行と、ある目的のために『アークス』の地を訪れた。

その目的とは——勇者の旅に同行するためだ。

我ら武芸者は武の道を進む者であるが、同時に己の武に〝意味〟を求める。祖父も父も祖国の要人警護にその〝意味〟を持たせていたが、私にはどうにも肌に合わなかったようだ。それ以前に、女である私を他家に嫁がせる——つまりは政略結婚の道具にしようとしていた。

まったく腹立たしいことだ。女に生まれたことを悔やむほど。

そんなときに風の噂を耳にした。

魔王復活の時が近くなっており、それを討ち滅ぼすための勇者が現れる——と。

もし勇者の旅に同行することができれば、それこそ末代まで誇れる最高の名誉になるのではないだろうか。

そう考えた私は書き置きを残し、故郷を後にしていた。どうせ家族に言ったところで引き留められるか、最悪は監禁同然の仕打ちを受けるのが目に見えていたからだ。

用心棒紛いの仕事で旅費を稼ぎつつ、根無し草の日々。フォニア教信徒からの情報により、やがては勇者が必ずアークスの王都ブレスティアに向かうことを突き止めた。

私が勇者の旅に同行できるかは分からない。だが、一縷の望みを掛けて私はブレスティアを訪れた。

そして少しでも勇者の仲間として白羽の矢が立つよう手っ取り早く名をあげるため傭兵となった。己の武を磨き上げ、それでいて金を稼ぐのに傭兵稼業は好都合だったのだ。

それから一年余りの時が経ち、いつの間にか私は『銀閃』の二つ名で知られる腕利きの二級傭兵として名が知れるようになる。

そしてついに――待ち望んでいた勇者が現れた。

初めて勇者を目にしたのは、聖剣を手に入れたことを祝したパレードだ。装飾された豪華な馬車に乗り、その上で聖剣を天にかざす勇者の姿は輝かしかった。なるほど、勇者と呼ぶに相応しい出で立ちであった。

あの勇者と共に魔王討伐の旅に同行できたとなれば、父や祖父も私を武芸者として認めてくれるはず。

そう思った私は今まで以上に困難な依頼に臨み、己の武を高めようと励んでいた。

そんなときだ――あの〝槍使い〟と出会ったのは。

初めの相対は組合の中。私の無駄に育った胸を凝視した目がいやらしかったのを覚えている。

もっとも、これに関しては諦めているが良い感情はしなかった。

――それ以上に彼は私の最も忌み嫌う類いの人間であった。

それはさておき、今回私が請け負った依頼は王都近郊の森で起こっている異変の調査及び根源の除去。

王都近郊の森は傭兵になりたての新人が稼ぎ場にするような、低難易度の厄獣（モンスター）しか出没しない。腕を磨くことに重きを置く私にとっては無縁の場所。

本音を言えば辞退したいところであったが、傭兵組合に属している以上、組織の意向に従うのが筋。それに、勇者の目にとまるために少しで組合内での評価を上げておく必要がある。

渋々とだが依頼を受注し、近郊の森に向かった。

森へと足を踏み入れると、組合からの情報通りに不穏な気配を感じ取った。

一見すると青々と茂った木々が生命力を感じさせるが、漂ってくる雰囲気は荒野と言わんばかり。生き物の存在をまるで感じさせなかった。

そして幸か不幸か、あの〝槍使い〟と遭遇した。

槍使いは相変わらずだった。

リスクを嫌って槍を好んで使うのはまだともかくとして、彼は安全に金を稼ぐためだけにひたすら雑魚厄獣（ザコモンスター）であるビッグラットを狩り続けていた。

それどころか、どれほど馬鹿にされても、私の口から〝腰抜けの槍使い〟呼ばわりされている事実を聞かされても、本人が欠片も気に留めていなかった。もし私が近しい侮辱を向けられれば、その侮辱の根源をなます切りにしていたに違いない。

この時点で、彼は私と対極にいる。絶対に相容れぬ存在であると判断した。

――この邂逅が私の『道』を定める切っ掛けとなるなど、その時は予想だにしなかった。

彼と別れてしばらくして、私は見たことのない巨大な犬頭人（コボルト）と遭遇した。通常の大きさをした犬頭人（コボルト）を大勢引き連れ、コボルトキングは私に襲いかかってきた。

事件の後に、巨大な犬頭人（コボルト）がコボルトキングと呼ばれる存在であるのを知った。

このときになって、私は組合の判断が――二級傭兵である銀閃（わたし）を派遣した判断が正しかったと理解できた。

コボルトキングの強さは、とてもではないが五級か四級の傭兵が太刀打ちできるものではなかった。

巨体に反して動きは俊敏であり、巨体ゆえの膂力（りょりょく）を秘めている。その上、体毛は生半可な刃では傷一つのすら苦労するほどに硬い。

ただ単に犬頭人（コボルト）が巨大化しただけの個体ではなかった。倒すには最低でも三級が一チーム。単機で挑むなら私のような二級の実力が必要になってくる。

だが、今この森に起こっている異変に、この巨大な犬頭人（コボルト）が関わっているのは間違いなかった。

何より、この異常事態を私一人で収めることができれば、勇者の目にとまる確率も上がる。

そう考えた私はコボルトキングの討伐を目論んだ。

――だが、私は己の栄光と武に目が曇っていた。

最初は周囲で傍観するだけだった犬頭人（コボルト）どもが、コボルトキングが吠えた途端に狂ったように襲いかかってきたのだ。

奴は――犬頭人（コボルト）の群れの〝長〟だったのだ。

コボルトキング一体だけが相手であれば苦もなく倒せた。犬頭人（コボルト）がいくら群れようとも相手ではなかった。

だが、コボルトキングとその配下を同時に相手にするには、私は未熟であった。

捨て身で襲いかかってくる犬頭人（コボルト）の群れを相手に隙を作った私は、コボルトキングの配下を巻き込む一撃によって足を負傷した。

多くの敵を相手にする状況下で、身動きが取れなくなるのは致命的。

私は己の死を覚悟した。

武芸者として志半ばで朽ち果てる覚悟はできていた。

だがそうであったとしても、

振り上げられた豪腕を目にした時、紛れもない恐怖と絶望感を抱いた。

――その時だった。

「こっち向けデカブツがぁぁぁぁぁっっ‼」

この場にいるはずのない者の声が戦場に木霊し、コボルトキングにぶつかった。

あの〝腰抜け槍使い〟だった。

side fencer（後編）

——彼はもっと賢い人間だと思っていた。

突然現れた槍使いは犬頭人（コボルト）に果敢に立ち向かった。

彼の動きは、お粗末にも腕達者とは呼べないもの。だが、それでも明らかに格上だと分かっているコボルトキングを相手に一歩も引くことなく、槍を振るっていた。

アレが本当に腰抜けと呼ばれていた男の姿なのか。

私は何か、勘違いをしていたのだろうか。

疑問を抱いたのも束の間、私は己の周囲に目を向けた。コボルトキングの狙いは槍使いに向いていたが、他の犬頭人（コボルト）が動けない私に対して徐々に距離を狭めてきていた。

必死になってその場から離れようとするも、足はまだ動かない。

どうにかカタナを構えて迎え撃とうとするが、この場から動けない身でどれだけ保つか……。

そして——犬頭人（コボルト）たちが飛びかかってくる寸前に——とうとう私の目の前に槍使いが躍り出た。

「去（い）ねやぁぁ！」

槍の一閃によって、近付いてきていた犬頭人（コボルト）が纏めて薙ぎ払われた。

「無事か銀閃！」

「あ、あなたは――」

こちらの無事を確認してくる槍使いに、私は咄嗟に言葉が出なかった。疑問と、焦りと、他の何かしらの感情が入り交じって上手く口が動かない。

彼はその後も私に迫り来る犬頭人（コボルト）たちを撃退していく。今の自分がどうしようもないほど足手まといなのだと心底思い知らされる。

そんな中、犬頭人（コボルト）に気を取られている隙を突かれ、コボルトキングの爪が彼を襲った。

奇しくも彼は、私のすぐ側まで弾き飛ばされる。

私は言葉を失った。

彼の左腕はコボルトキングにズタズタに切り裂かれ、見るも無惨な状態になっていた。下手をすれば回復魔法を使ってさえ後遺症が残りそうな重傷だ。

弾き飛ばされた拍子に槍もどこかへ行ってしまったが、たとえ槍が手元にあったとしても、この腕ではまともに扱えない。

先ほどの私と大差ない、誰がどう見ても絶望的な状況。

だというのに……彼は立ち上がろうとしていた。

己の怪我は認識しているはず。槍が手元にないのも承知しているはず。

「何を……」

自然と声が出た。

この時になって、彼は私が側にいることに気が付いたようだ。こちらをちらりと見てから、すぐさまコボルトキングを見据える。

コボルトキングの爪には槍使いの血と肉がこびり付いている。それを見てさえ、彼は気勢を高めているかのようだ。

「何をしに来たの……あなたは」

「見てわからねぇのか。助けに来たんだよ」

私の問いに、彼は間髪入れずに答えた。一切の迷いを含ませず、躊躇もない答えだった。

無事な右手を支えにして立ち上がった彼に、私は言葉を投げかける。やはり、彼は諦める素振りを見せなかった。

「あなたは本来もっと考えが回る人間だと思ってました。なのにどうして……あんなことを言った私を――」

槍使いが私を助ける道理はない。

義理なんて一つも見当たらないはず。

出会ったときから辛辣(しんらつ)な言葉を浴びせ、最後に会ったときでさえ罵倒じみた台詞を吐いた私を、彼はどうして助けようとしているのか。

小賢しくも賢い彼なら、私を見捨てて逃げ出すという選択肢もあったはず。それを選ばず、無謀にも私を助けに来たその訳を、私はどうしても知りたかった。

「そんなの——決まってんだろ‼」

「え？」と疑問を漏らす前に、彼は叫んでいた。

「助けたいと思ったから助ける！　女が危ない目に遭ってたら問答無用で助ける！　だから俺はここにいるんだ！　俺がそうするって決めたんだ！」

「なっ……そんな理由で」

「うるせぇ！　怪我人は黙って助けられてろ！」

絶句した。

彼が私に叩き付けてきたのは、道理も義理もかなぐり捨てたまさに暴論。

なのに、心が揺さぶられた。

そして——。

「さぁ我が主(マスター)よ、呼ぶが良い！　汝の武器である俺の名を‼」

どこからか声が轟く。

コボルトキングは目前。私たちを蹂躙せんと腕を振り上げる。

それでも彼は恐怖も躊躇もなく。

唱えた。

「こい、グラムッッッ‼‼」

彼の左腕から黒い光が溢れ出す。そして次の瞬間、コボルトキングの巨体が後方へと弾き飛ばされたのだ。

コボルトキングの巨体は私たち人間の質量を遙かに超えている。単純な力勝負では相手にならないだろう。

いつの間にか、彼の左腕は先ほどの怪我が嘘だったかのように完治しており、手の中には漆黒と朱の混じった美しい槍が握られていた。

漆黒と朱の槍を振るう彼の背中に魅入られる。気が付けば、私は目の前の光景に心を奪われていた。

――私は〝この瞬間〟に立ち会えた幸運を神に感謝した。

彼は『勇者』ではない。

あんな自分勝手で無謀で不遜な男が、勇者であるはずがない。

だが、彼がコボルトキングの心臓を貫いたとき、私は確信した。

――『英雄』の誕生を。

魂の奥底から心が震えた。

紛れもない歓喜が全身を駆け巡る。

私は勇者の仲間となるために故郷を飛びだした。

己の武を轟かせ、名誉を得るために。

勘違いをしていた。

私がこれまで武芸を磨いてきたのは名誉を得るためではない。

すべては目の前に誕生した『英雄』のためだったのだ。

と、周囲が俄に騒がしくなってきた。

目を向ければ、私たちを包囲していた犬頭人（コボルト）たちの一角から人間の声と厄獣（モンスター）の悲鳴が木霊してきた。

やがて囲いを突破して姿を現したのは、あの『勇者』だった。

——不思議なものだ。

数分前の私であれば、彼の姿を目にすれば心を躍らせていただろう。だというのに、今の私は驚きこそあったが、それ以上の感情を抱かなかった。

この場に現れたのは勇者だけではなかった。彼の背後からは王国軍の兵士達が続いており、犬頭人（コボルト）たちの掃討を行っていた。おそらく、傭兵組合だけではなく国もこの森の異変を察知していたのだろう。その調査に勇者を派遣したのだ。

兵士の一人が私に気が付き、こちらに駆け寄ってきた。医療班のようで、私の足に手をかざして回復魔法を施してくれた。

ホッと胸を撫で下ろしたのもつかの間だ。

視界の端で、〝彼〟の躯が傾（かし）いだのだ。

彼は一瞬だけ私と目が合うと、満足げに小さく口端をつり上げて――力なく地面に倒れた。

少し前まで感じていた熱が打って変わり、全身から血の気が引いた。

治療してくれた兵士に礼を言うことすらせず、私は一目散に倒れた彼の下へと駆け出した。

倒れた躯を抱き起こそうとするが――。

「下手に動かすな狐ッ娘ぉ‼」

彼と言葉を交わした、姿の見えない声が私に浴びせられた。

「相棒は外見からは分からねぇほどの重傷だ！　応急処置する前に運んだら確実に死ぬぞ‼」

〝死〟という響きに彼に伸びた手が反射的に止まった。

混乱する私に構わず〝声〟は続けた。

「お前さんが疑問を抱いてるのは百も承知だ。だが、今だけは頭空っぽにして言うことを聞いてくれ。その様子だとお前さんは相棒を助けたいんだろう？　だったら頼む！　俺も相棒を救いてぇんだ‼」

「――（こくり）」

「よぉし、感謝するぜ」

頷いた私に、声は少しだけ落ち着いて、だが早口に言った。

「相棒の躯は見た目よりも遙かにボロボロだ。だからまず最初に回復魔法で応急処置だ」

〝声〟の指示通り、私は足を治療をしてくれた兵士に倒れた彼の応急処置を頼んだ。

兵士は回復魔法を彼に使った途端、目を見開いた。まともな部位を探すのが困難なほどに、彼の躯は重傷だったのだ。〝声〟の言ったとおり、下手に動かせば、その時点で彼は死んでいたと断言した。

背筋に氷が突き込まれるような寒気を覚えながら、私は〝声〟の先を待った。

「最低限の治療が終わったら、相棒を連れて俺の指示する場所に向かってくれ。そこの兵士の回復魔法も悪くないが、今必要なのは超一流の使い手だ。俺はそいつに心当たりがある」

「それは……誰なの？」

「キュネイって腕利きの町医者だ！　あいつなら絶対に相棒を助けてくれる！」

「……分かりました」

「あ！　一つ言い忘れてた！　相棒の側にある黒と朱塗りの超絶に格好いい槍があると思うが、ついでにそいつも運んでくれ！　相棒にとってものすんごく大切な物だからよ‼」

もはや一刻の猶予もない。

私は周囲の兵士に必死になって彼の移送を頼み込んだ。驚いたのは、私と一緒に勇者までもが彼を運ぶことを兵士達に頼んだことだ。

勇者の言葉もあり、兵士たちは犬頭人（コボルト）の掃討を傍らに、彼の移送を迅速に手配してくれた。私だけの言葉であればここまでスムーズに事は進まなかっただろう。

すべての準備が整い、私たちは彼を森から運び出した。

――こんなところで、私の『英雄』を死なせてなるものか。
その一心で〝声〟の指示に従い、王都へと急ぐのであった。

彼の偉業を知る者はまだ少ない。
生まれ持った宿命を持ったわけではない。誰かが待ち焦がれていたわけではない。
この世界を救うことを臨まれた勇者と、故郷が同じというだけ。
けれども、やがて人々は知ることになる。
一人の英雄がこの世に誕生したことを。
これは勇者が魔王を倒し世界を救う物語の裏側で。
――一人の若者が己を貫き通し、世界に名を刻みつける英雄伝説である。

side Gram

俺が〝俺〟という自我を獲得して幾年の月日が流れただろうか。
もはや作り手の事など覚えてはいない。
俺に与えられた存在意義は、素質を持った者を見いだしその力となることだ。

俺はグラム。一振りの刃であり、それ以上でもそれ以下でも無かった。


一体どれほどの者の手に俺が渡ったか、数えることも止めた。

ある者は欲望に身を滅ぼした。

ある者は願望に押しつぶされた。

ある者は野望の果てに何もかもを失った。

ある者は傲慢を叫び王となった。

ある者は切望の終着にて本懐を遂げた。

ある者は強欲をもって全てを手に入れた。

歳も性別も生い立ちも性格も何もかもがバラバラだった。けれども、たった一つだけ。俺との契約を果たした者達には必ず一つの共通点があった。

それは、裡に秘めながらも当人が気づかぬほどに強烈な自我。自身の選択に迷わず命を賭す、破滅的とも呼べる強固な意志。

世界を変革させるほどに強い信念。

故に、華々しい生き様を飾った者もいれば、屈辱に塗れて散った者もいた。

正直なところ、以前の持ち主のことは朧気にしか記憶に無い。己の中にあるのは持ち主たちの歩んだ軌跡の残影。幾多の戦場を駆け抜けた彼らの痕跡。

〝俺〟という自我は記憶するためにあるのでは無い。だからこそ、持ち主がいない間は俺の意思はあってないようなものだった。

〝俺〟が目覚めた時は決まって新たなる〝持ち主〟が現れたときだ。

「お、結構良い感じ」

だからこそ、その声を聞いて俺は確信した。

靄が掛かっていた意識が急激に明晰になっていく。

同時に〝視覚〟も明るくなっていく。

最初に捉えたのは少し目つきの悪い青年だった。青年と呼ぶにはようやく大人へと近づきつつある程度の若さ。

根拠など無くとも分かった。

この青年こそが俺の新たなる使い手。
――ユキナとの出会いの瞬間だった。

新たなる相棒――ユキナは、コレまでの使い手たちとは違ってあまり野心を抱いているようなタイプでは無かった。俺を手に入れたというのも、買い物のついでという。得てして邂逅とはそんなものなのかもしれない。

だが一方で、想像を超えるような事態に陥ってもすぐに飲み込める順応性を有していた。俺が初めて語りかけたときは大いに驚いたが、それ以降はあっさりと〝俺〟を受け入れた。

俺が相棒の所有物になってから昨今の話を聞いてみると、まさか今の世は『魔王』が復活する時期に差し掛かっているというでは無いか。

『魔王』は俺の記憶の中にも残っている。

一定周期に出現する存在で、その都度に人間の中から選別された『勇者』の手によって討伐され封印される。そしてまたいつの日か魔王は復活を果たす。

遙かな昔から続く繰り返しだ。

だが、俺が実際に――というか俺の持ち主が魔王と出会うことは滅多に無かった。何故なら、俺が目覚める時は魔王が討たれ再び復活を果たすまでの期間がほとんどだったからだ。なぜそうなのかは俺にも分からないが、不思議とそんな流れが出来上がっていたのだ。

しかし、今回は違う。

この世界には聖痕が刻まれた『勇者』がいるのだ。

そして何よりも驚いたのが、相棒（ユキナ）と勇者が同郷であり知り合いだということ。これは、俺の記憶にある限りで初めての出来事（ケース）だった。

それはつまり、勇者の手元には『聖剣』があることも意味していた。これはまた奇妙な偶然である。相棒が勇者と知り合いである以上、面を付き合わせる事もあるかもしれない。

歴代の使い手たちであれば勇者に対抗心を抱き、自らが魔王を討伐すると言い出しそうなものであるが、当の相棒は魔王そのものにはあまり興味は無いようだった。

相棒にその気が無いのであれば、俺からも何も言うつもりは無い。俺はあくまでも武器であり、使い手の意思が全てだからだ。

そんな相棒が今ご執心なのは、とある高級娼婦だった。

相棒が王都に来た最大の理由が〝大人の階段を上ること〟と聞いたときは腹を抱えて爆笑したくなった。俺に腹は無いけども。

相棒が色街へと赴くと、出会ってしまったのが妖艶という言葉を体現したかのような極上の美女。ハッキリ言って、相棒が手を伸ばすには些か格が高すぎだ。

想像通り、相棒の申し出に対して美女が掲示した額は相当なものだ。田舎暮らしの貯金程度で払える額では無かった。

だが、一度は諦めそうになった相棒は奮い立ち美女を――キュネイを〝買う〟ことを改めて決意したのである。

決意の強さに対して些か規模が小さすぎる気もするが、本人がやる気であるのならば俺が異を唱えるのは筋違いだろう。何せ俺は武器でありそれ以上でもそれ以下でも無いのだから。


相棒が娼婦を買うための金銭を稼ぐために、傭兵として活動を始めた。

今でこそ〝何でも屋〟というイメージが強い『傭兵』は元々、領主や王などに金銭で雇われ、利害関係の無い戦争に参加する者たちの総称だった。実際に、今よりずっと昔は人間同士の争いが盛んであり、傭兵たちが活躍する場は多かった。

俺を振るう歴代の使い手の中には、こうした〝戦争〟の中で武功を立て成り上がり、最後は王となった者もいる。全員が全員、見事に成り上がったわけでは無い。いかに素質があろうとも死ぬときは死ぬのだ。志半ばで散っていった者もいた。

もっとも、この頃の傭兵はいわば〝ろくでなしの終着点〟と呼べるほどにイメージが悪く、実際にそうしたろくでなしは多かった。あるいは〝犯罪者にそれなりの名前を与えた〟と蔑まれるような事が多かった。

だがいつしか魔王という存在の出現に伴い、世に『厄獣』と呼ばれる危険な生物が出現するようになった。

人間は同じ種族同士で争っている場合では無くなったのだ。人間同士の争いを止めた切っ掛けが、共通の敵だというのだから本当に皮肉な話だ。

やがて魔王は『聖剣を携えた勇者』によって討伐されるが、彼の者の先兵たる厄獣はこの世界に根付いてしまった。魔王の侵略によって各国は疲弊し自領を復興するのが精一杯でありとても、厄獣の駆除にまでは手が回らなかった。

そこで傭兵たちを金銭で雇い厄獣を討伐させるようになったのだ。それが今の『傭兵』を形作った原点である。

傭兵を斡旋する組織は魔王が出現する以前からも存在しており、魔王が討たれた後は『傭兵組合』として傭兵たちを統括する組織へと変化していった。前述の通り、傭兵たちの中には犯罪行為を起こす者が多く、それを防ぐために何者かが管理する必要がでてきたからだ。

コレにより、ろくでなしの終着点とも呼ばれていた傭兵たちは、ある程度の社会的地位を獲得するに至ったのだ。

まともな職に就けない者たちの行き着く先、という点に関してはさほど変化は無いかもしれないが、そのほかにも自ら進んで傭兵へとなる者も多くいる。今では一攫千金を目指す者たちの選択肢の一つだ。

とはいえ、当の相棒は一攫千金など全く興味が無いようだ。ただ単に、自分が出来る範囲で手っ取り早く金を稼ぐ方法がただ傭兵(これ)だけであったという話だ。

上昇志向があまりないのが寂しいところだが、それでも嬉しいことに仕事道具(えもの)として俺を使ってくれるようだ。

どんな形であれ単なる背負い飾りでは無く武器として使われることはまさに武器冥利に尽きる。

ただ、どうせ使われるのならば腕達者に使われたいと思うのは武器の性(サガ)だ。これを機に相棒に少し手ほどきをすることにした。

相棒はいわゆる〝類い希なる才能〟を持っているようなタイプでは無かった。だが農民としての生活で自然と鍛えられていたのか腕力にはそれなりに目を見張るモノがあった。

俺の中に残されたかつての使い手にも似たような者はいた。それを考えて教えてやれば良い感じの腕達者になるであろう。今から少し将来が楽しみだ。

――ハッキリ言って、俺は今回の相棒にさほど期待を抱いてはいなかった。裡に秘めた強い意志はあれど、それを開花させるような野望を抱いていなかった。

けどそれでも俺は構わなかった。

相棒(ユキナ)は気持ちよい青年だ。

女性の大きな胸に目がなく、敵対する者には全く容赦のかけらも無い。こちらが笑ってしまうほど己に正直であり、時には笑ってしまうような驚きを味合わせてくれる。

それが悪くないと思っている自分がいた。

かつての使い手たちは常に戦いに身を置き、己の願いのために命を賭けていた。

彼らの戦いに付き合うのはまさに心が躍り、武器として非常に充実していた。武器が最も満たされるのは、その力を発揮するときだ。

だが、過去の戦いを思いだし一抹の寂しさを味わいつつも、今の相棒との生活は中々に楽しいものだと感じられた。　俺には何故か〝言葉を交わす〟という機能が付いているが、もっぱら戦場（いくさば）での助言であった。

それが今の相棒ときたら。日常的にここまで会話をするような事は今まで無かった。それがまた楽しいのだ。

時にはこんな使い手と一緒にいるのも悪くはないだろう。


相棒が傭兵になってしばらくすると、活動の場である王都近郊の森に不穏な気配が漂い始めた。

大量の発生していたビックラットの消失に伴い、飢えて凶暴化した犬頭人（コボルト）の増加。

俺は過去の経験を元に、コレが厄獣暴走（スタンピート）の兆候であると確信した。

生態系は常に捕食者と被捕食者のバランスによって成り立っている。

食われる者が増えれば食う者が増え、食う者が増えれば食われる者が減る。

そして、食われる者が減れば食う者が減り、食う者が減れば食われる者が増えていく。

捕食者と被捕食者はこうした数の増減の繰り返しを行っている。

厄獣暴走（スタンピート）とはこの増減バランスの崩壊だ。

一定領域内には収まりきらないほどの捕食者の増大。増大した捕食者のに刈り尽くされ被捕食者の壊滅。

後に残るのは食料も無く飢えに支配された大規模な捕食者の集団。やがてそれらは食い物を求めて領域の外へと飛び出しあらゆる生物を貪り尽くすのだ。

こうして起こった厄獣暴走（スタンピート）に巻き込まれ壊滅した村や町は過去に多くある。

酷い場合には飢えた厄獣の波に国が飲み込まれた例もある。そこに住んでいた者たちの末路は想像するのも酷はほど悲惨なものであった。

厄獣暴走（スタンピート）の兆候に気が付いたのはどうやら俺だけでは無かったようだ。

その証拠に、森で狩りを行っていた相棒が『銀閃』の異名を持つ凄腕の女傭兵と遭遇した。

彼女は組合が派遣した調査員。厄獣暴走（スタンピート）が本当に起こっていた場合を考えて腕利きを寄越したのだろう。

そしてその懸念は見事に的中していた。

ここで、俺は大きなミスを犯してしまう。

厄獣暴走（スタンピート）が本格化する時期を見誤り、強く相棒に撤退を呼びかけなかった。その結果、相棒がその最初の波に呑み込まれかけたのだ。

幸いに第一波を退けることが出来、俺は相棒に今度こそ撤退を強く進言した。

だが、相棒は逆に森の奥へと飛び込んでいった。

調査のために先に向かった銀閃のことが気がかりだったのだ。

この行動は俺にとって予想外であった。

時折に妙な行動をしでかす事はあっても、相棒は馬鹿じゃ無い。自分に出来るか否かの線引きはしっかりとあった。己の出来る範囲の中で無駄なく行動する人間であると俺は考えていた。

だが、この時の相棒は、そんなことなどまるで頭の中に無かった。まるで、何かに突き動かされるようにも見えた。

森の奥へと辿り着くと、銀閃と巨大な厄獣――コボルトキングが戦っている場面に出くわした。

コボルトキングは犬頭人（コボルト）の群れの中に現れる突然変異だ。

通常のコボルトを遥かに凌駕する体躯を持ち、生まれながらにして他のコボルトを従え、奴によって妊娠させられた雌コボルトは通常よりも遥かに早い速度で子を出産する。

急激な胎児の成長に耐えきれず雌コボルトはほとんど死に至るが、一度に生まれるコボルトの数はその死を補って有り余るほどだ。

　コボルトキングの誕生と溢れかえる餌の存在。この二つが合わされば厄獣暴走（スタンピート）が起こるのは必然であった。

　相棒が陰で見守る中、銀閃はコボルトキングに有利に戦闘を進めていた。だが、追い詰められたコボルトキングは配下の犬頭人（コボルト）に命じて物量戦に出た。そして敵の数に翻弄された銀閃はコボルトキングの攻撃を受けてしまう。

　足に怪我を負い身動きの取れなくなった銀閃は、己の命がここまでだと諦めの表情を浮かべた。

　その瞬間、相棒の心が猛り振るうのを、柄（おれ）を掴む手から通して感じ取った。

　俺はこの時に、己が勘違いしていたことに気が付いた。

　コボルトキングの一撃を食らい、俺は相棒の手から弾き飛ばされた。けれども、離れていても相棒の心が高まり続けていくのが俺には分かった。

「助けたいかと思ったから助ける！　女が危ない目に遭っていたら問答無用で助ける！　だから俺はここにいるんだ！　俺がそうするって決めたんだ！」

　俺は改めて確信した、

　――ユキナは俺が待ち望んでいた男に寸分違わぬと。

　どうして忘れていたのだろうか。

大きな野心など、さほど重要では無かったのだ。

肝心なのは、己の選択に命を賭す強靭な心。

他者を顧みず、自らが望むままに信念を貫く傲慢で不遜な決意。それこそが、俺を振るう者に求めた素質。

知り合ったばかりの女のために、迷わずに命を賭けるほどの大馬鹿野郎。それこそが俺の相棒に相応しい。

「くかかかか、あっはっはっはっはっはっは！」

俺はいつしか高らかに笑っていた。

これほどに俺の心が昂ぶったのは何時くらいだろうか。もしかしたらかつての使い手たちに振るわれていたとき以上の恍惚が俺を支配していた。

「その我欲！　その傲慢！　俺はここに、ユキナという男を真の主と認めよう‼」

相棒(ユキナ)との間に繋がりが生まれていく。

「俺は汝の武器として汝と共に歩もう！」

誓いと共に俺は叫ぶ。

おそらく、これから相棒に待ち受けているのは波乱に満ちた人生だ。奇しくも世は魔王との戦いに向けて乱れていくだろう。口ではなんと言うとも相棒は必ずその渦中に身を置くだろう。

こんな愉快な相棒とその道を歩けると思うと、本当に堪らなくなってくる。

「さぁ我が主(マスター)よ、呼ぶが良い！　汝の武器である俺の名を！」

そして――相棒は唱えたのだ。

俺の名を。


「こい、グラム！」


次の瞬間、俺は相棒の手に握られ、振るわれた一撃で迫り来るコボルトキングを吹き飛ばした。

「ここに契約は交わされた！」

俺を握る相棒の左手には契約の証である聖痕が刻み込まれていた。相棒が死ぬその時まで断ち切ることの出来ないこの世の何よりも強固な絆だ。

「『選びし者』よ！　汝はコレより『英雄』と成れ！　己が欲のために、己が義のために、己が覇のために！」

俺は祝福を込めて高らかに宣言した。

「我が名は『魔刃グラム』‼　『英雄』が振るいし刃成り‼」


――願わくば、この絆が長く断ち切れんことを。

本書に対するご意見、ご感想をお寄せください。

あて先

〒162-8540 東京都新宿区東五軒町3-28
双葉社　モンスター文庫編集部
「ナカノムラアヤスケ先生」係／「をん先生」係
もしくは monster@futabasha.co.jp まで

Mノベルス

その おっさん、異世界で。二周目プレイを満喫中

The man, enjoying the 2nd ROUND in a different world.

剣と魔法の世界で冒険者と
して生きる中年、ユーヤ。
彼は努力家だが才能がなく、
報われない日々を送ってい
た。しかしそんなある日、
ユーヤは社畜だった前世の
記憶を取り戻す。そして、
今生きているこの世界が、
かつてやり込んだゲームと
まったく同じものだと気づ
く。さっそくユーヤは、ゲ
ーム内の隠し技であるレベ
ルリセットを行い、レベル
1から人生をやり直そうと
するのだが——。

月夜 涙
TSUKIYO RUI

Illustration てつぶた
TETSUBUTA

発行・株式会社　双葉社

Mノベルス

古竜なら素手で倒せますけど、これって常識じゃないんですか？

I can defeat an old dragon with my bare hands. It's usually like this, isn't it?

Hata Ryousuke
羽田遼亮
illust 竹花ノート

かつて世界を救った【大賢者】に拾われたフィル。人類最強の賢者に孫として育てられたフィルは、その才能を受け継ぎ、無詠唱で魔法を唱え、素手でドラゴンを倒せるまでになっていた。しかし、ある日、賢者は孫を呼び出すと言った。「フィルよ、今まで黙っていたが、実は、お前は【女】なんじゃ」まじですか！　ところで女ってなに？　常識どころか性別さえ知らないフィル。孫の将来を心配した賢者は、彼女を【王立学院】に入学させることにする。小説家になろう発大人気ファンタジー！

発行・株式会社　双葉社

Mノベルス

化学で捗る魔術開発

Witchcraft development make progress in the chemical

瓜生久一

［イラスト］toi8

「やさしさが強さになる、そんな異世界があったっていい」過労死してしまった有機化学者の青年が気がつくと、赤ん坊・アインに生まれ変わっていた。そこは魔術の存在する異世界。双子の弟・カイルとともに、前世の記憶を魔術に活かして少しずつ周りに影響を与えていくアイン。いつしかそこには仲間が集い、それは世界を変革するほどの力へと変わっていく。「小説家になろう」発、化学の知識とやさしさで異世界に変革を起こすヒューマンファンタジー!!

発行・株式会社　双葉社

勇者伝説の裏側で俺は英雄伝説を作ります　～王道殺しの英雄譚～

2019年11月2日　第1刷発行

著　者　ナカノムラアヤスケ

カバーデザイン　小久江厚＋石田隆（ムシカゴグラフィクス）

発行者　島野浩二

発行所　株式会社双葉社

〒162-8540　東京都新宿区東五軒町3番28号
［電話］03-5261-4818（営業）　03-5261-4851（編集）
http://www.futabasha.co.jp/（双葉社の書籍・コミック・ムックが買えます）

印刷・製本所　三晃印刷株式会社

［電話］03-5261-4822（製作部）
ISBN 978-4-575-24218-8 C0093　